Cascade POLICIER

COLLECTION
Cascade

BOILEAU-NARCEJAC

DANS LA GUEULE DU LOUP

ILLUSTRATIONS DE DOMINIQUE MARQUET

RAGEOT - ÉDITEUR

Il va sans dire que les personnages présentés dans ce roman sont purement imaginaires et que les auteurs ont usé très librement des lieux où ils ont situé leur action.

Couverture Anne BOZELLEC
ISBN 2.7002.1132-4
ISSN 1142-8252

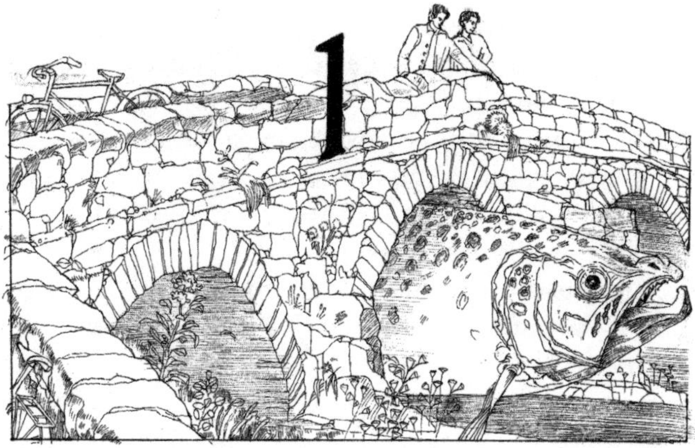

1

La scène avait été ridicule. François Robion avait pleuré. Comme un gamin. De rage. De jalousie. D'humiliation. De... C'était compliqué et absurde. Mais ça faisait mal.

– Enfin, mon petit François...

– Je ne suis pas ton petit François.

– Bon. Comme tu voudras. Mon grand idiot de fils, si tu préfères. Tu arrives à un âge où tu peux te passer de nous pendant quinze jours, non ?

– Pardon. C'est vous qui vous passez de moi.

– Écoute. Ton père a besoin de vacances.

– Je sais. Je sais. Alors, avec les Loubeyre, vous avez bien mis au point votre petit complot derrière mon dos. On laissera les gosses. On filera avec le bateau. Ils voudraient bien venir avec nous, tous les deux. Mais quoi ! Ils ont bien l'âge d'être sevrés.

Madame Robion avait éclaté de rire.

– Mais où vas-tu chercher tout ça, mon pauvre François ! Voyons ! Est-ce que c'est notre habitude de partir sans toi ? Seulement, tu oublies que tu auras bientôt quinze ans. Alors, pour une fois, tu ne peux vraiment pas nous accorder une petite permission de détente ?... Tu crois que ton père ne l'a pas méritée ?

– Il n'avait qu'à me parler le premier. « D'homme à homme », comme il dit... « Si on vous emmène, on vous aura tout le temps dans les jambes. Des étourdis comme toi et Paul à bord d'un bateau ! Merci ! On verra plus tard. » Alors, tu vois, j'aurais préféré. On aurait discuté... Mais non. Ça chuchote, ça conspire, ça téléphone en douce... Et pour finir, on m'annonce que je vais rejoindre Paul dans un bled où il pleut jour et nuit, pendant qu'on va frimer sur la Côte.

– François, je te défends de me parler sur ce ton.

C'est à ce moment-là que ses premières larmes avaient jailli. Impossible de les retenir. Une insurrection de larmes, à travers la grille des doigts. Les joues toutes mouillées. Le nez plein d'eau. Il s'était enfui dans sa chambre. Il s'était enfermé. Un peu plus tard, il avait entendu, assourdie, la voix de son père.

– Ça lui passera. Il est à l'âge bête.

– L'âge bête ? L'âge de souffrir, oui ! Quand on se voit abandonné. Parce qu'il ne faut pas avoir beaucoup de cœur pour...

Il attrapa le coussin du fauteuil et le lança contre la porte. Eh bien, qu'ils y aillent, à Cannes ; qu'ils fassent le tour du monde sur leur rafiot, si ça leur chante. Une espèce de machine pourrie...

Malgré lui, le mot le fit rire. Ça, il le resservirait à son père. Il lui dirait : « Je ne tiens pas à prendre un bain de pieds sur ce machin pourri !... » Et toc !

Il se moucha énergiquement pour qu'on sache bien, au-delà de la porte, qu'il n'en avait pas fini avec son chagrin. Tandis qu'il s'essuyait le visage, il mettait au point sa ligne de repli. Bouder, voilà ! Non pas bouder d'un air boudeur, comme un môme. Non. Être là en visiteur distrait, trop poli pour être supportable. « François, à quoi penses-tu ? » « À rien, maman ». « C'est encore à cause de cette croisière ? » « Quelle croisière ? » Etc. etc. Sa tête de bois, quoi ! Mais, soudain, il avait reconnu le pas de son père sur le palier. Vite, un coup d'œil à l'armoire à glace. Les larmes, c'est plutôt moche, quand on vient vous parler d'homme à homme. Un dernier petit coup de mouchoir, un livre dans les mains et, surtout, au moment où s'ouvre la porte, l'air surpris du garçon qui n'aime pas être dérangé quand il travaille.

– Je peux entrer ?

Maître Robion sourit, refuse le fauteuil. Tout est fichu. Il a sa figure d'avocat qui s'apprête à jouer au plus fin avec un témoin récalcitrant.

– Mon cher Sans Atout, commence-t-il...

Ça y est. Il a déjà gagné. François s'attendait à un préambule ému, grave. Il est pris à contre-pied et, tout en se traitant intérieurement de lâcheur, de pauvre type, de minable, il sourit à son tour.

– Ce n'est pas pour nous amuser que nous allons à Cannes, poursuit maître Robion. Si je le pouvais, tu penses bien que je t'emmènerais. Mais j'ai un service à te demander.

Sûr de son effet, il allume une cigarette. Il est très fort, papa. Un service, à moi, pense François, c'est le monde à l'envers.

– Nos amis Loubeyre, continue l'avocat, vont assister à un congrès de notaires. Ça, c'est le prétexte. En réalité, ils ne se plaisent pas trop à Saint-Chély-d'Apcher. Avoir vécu à Paris pendant si longtemps pour se retrouver au cœur de l'Auvergne...

François récite :

– Saint-Chély-d'Apcher. Lozère. Mille mètres. 5 416 habitants.

Ils échangent un regard complice.

– Tu as compris, dit maître Robion. Ils songent de plus en plus à céder l'étude, mais cela pose des problèmes et comme, ta mère et moi, nous sommes pour eux plus que des amis, presque des parents, nous avons organisé ce que tu crois être une escapade mais ce qui est, en réalité, une espèce de conférence très importante, et c'est là que tu interviens...

– Moi ?

– Oui. À cause de Paul. Ils ont caché à Paul le vrai but de leur voyage. S'il savait que ses parents se proposent de quitter Saint-Chély, ce serait un drame. Tu le connais. Insouciant. Tête folle. Capable de s'adapter n'importe où, pourrait-on croire. Eh bien, non, justement. À Saint-Chély, il a retrouvé ses racines. Et puis il adore sa grand-mère.

– Pourtant, quand il habitait ici, il ne la voyait pas souvent.

– C'est vrai. C'était un petit Auvergnat qui s'ignorait. Là-bas, il s'est épanoui. Son pays, sa grand-mère, ses montagnes, sa joie de vivre ! Quel arrachement, s'il doit partir un jour. Mais il n'y a encore rien de fait. Seulement, voilà, il se doute de quelque chose. Ce voyage à Cannes, l'histoire du bateau, tout ça lui paraît bizarre. C'est pourquoi Sans Atout, son vieux copain Sans Atout, peut nous aider beaucoup.

– Comment ?

– En manifestant le désir d'aller passer à Saint-Chély les vacances de Pâques. Il ne connaît pas Saint-Chély. L'occasion est belle. Cannes ? Ça ne l'intéresse pas. C'est l'Auvergne qui l'attire.

– Pas vrai ! grogne Sans Atout.

– Mais si. Fais-moi ce plaisir, François. Si on laisse Paul seul avec sa grand-mère, ça n'ira pas. Elle ne saura pas lui cacher la vérité. Avec toi, il ne pensera qu'à s'amuser. Tu es un garçon plein de ressources ; tu l'as déjà montré (1). Lui, il sera ravi de te piloter dans son bled, comme tu dis, et toi, en cas de besoin, tu trouveras bien le moyen de le distraire. C'est une mission de confiance, en somme. Je peux compter sur toi ?

François n'est pas encore d'humeur à rendre

(1) Voir : *Sans Atout et le Cheval fantôme – La vengeance de la mouche – L'invisible agresseur – Le cadavre fait le mort.*

les armes. Il frotte son pied sur le tapis comme un cheval qui gratte du sabot.

– Je savais que tu accepterais, fait maître Robion. Tu pars jeudi.

...François se rappelle toute cette scène. Et, maintenant, il est dans le train, il ne peut s'empêcher de penser. « J'ai été roulé : ils avaient tout arrangé d'avance. Qu'est-ce que je vais m'embêter dans ce patelin à la gomme. Il faut être Paul pour s'y plaire. Il est vrai que ce pauvre Paul !... »

Il hausse les épaules. Paul Loubeyre, malgré ses quatorze ans, en est encore à lire des trucs débiles, des histoires de science-fiction, pleines de monstres, de créatures fantastiques et, quand on a l'air de se moquer, il s'écrie : « Hé ! Pourquoi pas, hein ? Sans blague ! » Son vocabulaire est assez limité, il faut dire. En revanche, il possède avec un naturel parfait les cris qui hachent ses bandes dessinées : « Crash... Slam... Bang... Wham... Screech... » Un gosse, quoi. Gentil. Sensible. Mais aussi empoisonnant qu'un frelon. Toujours en mouvement. Bruyant. Indiscret. Et plein d'admiration pour son ami Sans Atout, ce que François n'aime pas beaucoup, lui qui, au contraire, est réservé et même un peu froid, connaissant trop bien ses défauts, ses manies, ses lacunes. Il pourrait en raconter sur son compte, des choses ! Paul, oui, il l'aime bien. Mais il aurait préféré être à Cannes. Enfin !...

Le front contre la vitre du wagon, il regarde défiler ce paysage de collines et d'eaux vives. Peu à peu, la montagne s'est installée ; elle occupe l'horizon mais d'une manière paisible, comme une longue houle pétrifiée. François, bien que très intéressé, est encore tout entier à sa querelle, car, jusqu'au bout, il s'est fait un point d'honneur d'être désagréable.

– C'est très beau, tu sais, la Margeride, disait sa mère.

Et lui, amer :

– Pardi, avec une bagnole, bien sûr.

– Vous irez au cinéma, s'il pleut.

– Le cinéma de Saint-Chély, ça doit être quelque chose.

– Mais qu'est-ce que tu crois ? C'est un petit bourg très moderne. Tu pourras même aller au théâtre.

– Hé ! Faut pas pousser !

– François, je te prie de parler convenablement. Il y a un centre dramatique à Mende, et il organise des tournées. Ça t'étonne, hein ?

– Je vois ça d'ici !

Bref, l'escarmouche en règle, à propos de tout.

– Et n'oublie pas de prendre tes remèdes.

– Pour quoi faire, puisque l'air est si bon, à Saint-Chély.

– Ce que tu peux être pénible, mon pauvre François.

Maintenant qu'il était bien tranquille, dans son coin, et qu'il pouvait revivre sa petite guerre avec un certain détachement, il n'était pas mécontent de lui.

Jusqu'au pied du wagon, il s'était appliqué à paraître au-dessus de l'événement. Il partait là-bas sur ordre. On n'allait pas l'obliger, par-dessus le marché, à se montrer transporté d'allégresse.

– Regarde où tu mets ton billet, François... Téléphone-nous quand tu seras arrivé... Et ne prends pas froid.

Il avait négligemment agité la main.

– Allez ! Tchao !

Ça faisait mauvais garçon. C'était vengeur. C'était peut-être aussi un peu mesquin, mais, dans quelques heures, au téléphone, il se promettait déjà de dire que Saint-Chély, après tout, ce n'était pas si mal. La voie s'élevait peu à peu. Des ponts. Des viaducs. Des tunnels. Des cabanes de bergers, ces « burons » où l'on fabrique le cantal. François n'aime pas le fromage. Et pourtant, on lui a bien recommandé de manger de tout, de se montrer poli ; mais quoi, il n'aime pas le fromage. Ce n'est pas sa faute.

– Contrôle, s'il vous plaît.

Les voisins de François tendent leur billet. François se fouille. Pas dans le portefeuille. Pas dans les poches du pantalon. Où l'a-t-il fourré, ce diable de billet ? Heureusement, son père n'est pas là, prêt à lui faire la leçon. « L'ordre, François. L'ordre d'abord. Dans la vie, c'est le meilleur atout. Sans ordre, on est sans atout. » Voilà comment naît un sobriquet. En attendant, le contrôleur commence à s'impatienter.

– Je l'avais, monsieur. Je l'ai encore vu tout à l'heure. Ah, je le tiens.

Comment ce billet a-t-il été s'entortiller dans son mouchoir ? Mais comment les choses font-elles pour lui échapper sans cesse ? La brosse à dents qui disparaît... Le soulier gauche qui déserte... Coup d'œil rapide vers la valise. Elle est toujours là, au-dessus de sa tête. Ouf !

François se tourne vers la fenêtre, pour cacher sa rougeur. Une gare s'approche. Sur un talus, en grandes lettres blanches, une inscription : *Saint-Flour.* François n'a peut-être pas d'ordre, mais il sait sa géographie. À la vérité, ce qu'il entend, ce qu'il voit, ce qu'il lit, il le retient du premier coup. C'en est fatigant. Saint-Flour. 881 mètres. 7 396 habitants. Au cœur de la Planèze, c'est une espèce de plateau battu par les vents et qui produit des lentilles. Saint-Chély est à 35 kilomètres. Dans 12 kilomètres, le train franchira le fameux viaduc de Garabit. Une seule arche, jetée sur une profonde vallée. Ça vaut la peine de se poster dans le couloir, pour mieux regarder.

Et François n'est pas déçu. Le train a ralenti et, soudain, on a l'impression d'être en hélicoptère. Tout en bas, il y a des routes, des maisons qui paraissent minuscules et la rivière qui brille comme du verre, la Truyère, ici ample comme un lac, et là, resserrée comme un torrent. Tout le paysage baigne dans une lumière tendre, entre le bleu et le gris ; une lumière qui se touche plus qu'elle ne se voit. Ici, c'est l'azur, jusqu'en des lointains qui rêvent au fond du ciel.

Admirable ! Cet idiot de Paul est quand même un veinard. Ébloui, François regagne sa place et il est tellement absorbé qu'il en oublie Saint-Chély. L'arrêt du train le surprend. Il n'a que le temps d'attraper ses bagages et de descendre. La gare est grande comme la main, mais qui est-ce qui s'agite devant la porte de sortie ? Qui est-ce qui fait déjà le clown ? Qui, les pouces plantés sur les tempes, remue les doigts de chaque côté de la tête comme de petites ailes ? Il est content, Paul !

– Mon vieux Sans A !

Il a la manie d'abréger.

– Vite ! On va becqueter et cet aprèm... la surprise !

Au téléphone, deux jours plus tôt, il a promis une surprise, mais alors du tonnerre. Il n'a pas voulu en révéler davantage.

– Laisse-moi le temps d'arriver, dit François. Qu'est-ce qu'elle penserait, ta grand-mère, si on prenait à peine le temps de manger ?

– Elle est habituée, répond Paul. Elle est super-chouette, Mémé, elle comprend tout. On prendra les vélos. C'est à onze kilomètres.

– Quoi ? Qu'est-ce qui est à onze kilomètres ?

– Tu verras... Ça commence par un C. Et même, tu vois, ça commence par Ca, comme canon, comme cabane. C'est facile.

François l'écoute à peine. Il regarde, en vrai Parisien, qui se sent un peu perdu à la campagne. Les rues paisibles où passent de rares voitures, le champ de foire désert... Comme c'est calme. Et comme on respire, ici. Et tout autour, au-dessus des toits, la montagne se montre, proche, légèrement voilée par des vapeurs lentes qui dérivent à mi-pente. Et le silence !

– C'est toujours comme ça ? dit François.

– Quoi ?

– Oh rien. C'est drôle, quoi.

Il y a aussi les arbres, encore noirs de l'hiver, alors que les marronniers de Paris ont déjà hissé le grand pavois de leur verdure. Et pourtant, c'est ici qu'on sent, bizarrement, sur sa peau, le printemps.

– Ça te fait chercher, hein ? reprend Paul, qui poursuit sa pensée.

François n'aura pas la cruauté de lui répondre que les devinettes, ce n'est plus de leur âge. Il change de main sa valise.

– C'est encore loin ?

– Non, dit Paul. La grande maison, là-bas... la dernière.

Vaste maison, en effet, annoncée par le panonceau du notaire. Deux étages de bonne pierre de taille, sous un toit d'ardoises. Aux barreaux de la grille, les entrelacements d'une glycine encore endormie. Et, longeant l'allée qui conduit de la rue au perron, un matou noir, qui regagne paisiblement son logis.

– C'est Mikado, dit François. Qu'est-ce qu'il a grandi. À Paris, il aurait tenu dans ma poche.

– Les bureaux de l'étude sont au rez-de-chaussée, explique Paul. C'est embêtant. Défense de faire marcher la télé. Défense de courir, de chanter. À cause des clients. Pas tout le temps, heureusement. Mais de huit heures du matin à huit heures du soir.

– Alors, qu'est-ce que tu fais ?

– Je dessine. Je bouquine. Je sors avec les copains. Mais j'ai gardé pour nous ce que... Et puis, tu verras bien. Ça commence par Ca, comme cachot, comme cacahuète.

Il se tord de rire. La porte s'ouvre. La grand-mère de Paul s'avance. Une vraie grand-mère, avec une robe noire et des cheveux blancs. Un visage un peu piétiné par la vie. François sait qu'elle a perdu deux enfants, un garçon qui s'est tué à moto et une fille qui est morte d'un cancer.

Elle sourit avec bonté et embrasse François sur les deux joues. Puis, le tenant affectueusement contre elle :

– Voilà donc ce grand garçon dont j'ai si souvent entendu parler, dit-elle. Venez. Paul va vous montrer votre chambre et, dans un quart d'heure, nous déjeunerons car vous avez sûrement faim. Nous aurons le temps de bavarder.

Et voici François au milieu d'une chambre à l'ancienne, avec son lit à baldaquin, ses deux fauteuils de tapisserie. Aux murs, des photos d'ancêtres, raie au milieu, grosses moustaches, cols durs et cravates sévères.

– Moi, j'habite à côté, explique Paul. Le cabinet de toilette est pour nous deux. Tu passeras le premier, si tu veux. Le bruit ne me dérange pas. Viens voir.

Ils passent dans la chambre voisine, qui est inondée de soleil. Elle est ornée de dessins et d'aquarelles que François découvre avec étonnement.

– C'est formidable, ce que tu as fait de progrès, dit-il.

Paul sourit modestement.

– Tu peins au chiqué ou bien tu vas sur place ?... Cette petite rivière, sous les arbres, elle est imaginée ou bien non ?

– Tu rigoles ! C'est le Chapouillet, un vrai ruisseau. J'emporte mon petit matériel et je peins d'après nature. C'est comme ça qu'on découvre des trucs. Et justement... Ce que j'ai découvert, c'est par là... On ira, tout à l'heure. Mais pas un mot devant Mémé. Tous les soirs, elle doit faire un rapport à papa. Tu te rends compte ! Si je n'ai pas été trop difficile. Si ceci. Si cela. Enfin, tu vois le genre. L'espionnage, quoi. Et si tout ne va pas bien, hop, interne à Mende. Je ne sais pas ce qui se mijote, mais il y a quelque chose. Je crois que ça les arrangerait si j'étais bouclé à Mende... Ça leur permettrait d'aller se balader tranquillement. Tu penses bien que ce congrès de notaires, c'est du bidon. Oh ! Et puis, ça m'est bien égal.

Il fait une joyeuse cabriole sur son lit, tout son entrain revenu, rebondit et passe son bras sous celui de François.

– En bas, mon petit vieux. J'ai faim et Mémé n'attend pas.

François le retient et, baissant la voix :

– Tu ne sais pas s'il y aura des laitages, parce que moi... le lait... le fromage...

– Tu n'auras qu'à me passer ta part... gloup !... T'en fais pas. Elle a la vue basse.

Le repas se déroula sans incident. Le service était assuré par une jeune Portugaise qui s'appelait Rita. François apprit qu'elle avait une sœur, infirmière à l'hôpital et un frère qui travaillait à Toulouse. Grand-mère conduisait gentiment la conversation, questionnant François sur son travail, sur ses distractions. Mikado tournait autour de la table, plantant de temps en temps une griffe implorante dans la cuisse de Paul qui lui glissait furtivement une bouchée.

– Est-ce que vous irez voir *Le Bourgeois gentilhomme* ? demanda la vieille dame. Mon fils a reçu deux billets de faveur. Le petit théâtre de la Lozère organise des représentations classiques qui sont, paraît-il, discutées mais intéressantes. Il y a eu *Le Cid*, la semaine dernière.

– Formid ! trancha Paul. Ils font ça en costumes modernes et Rodrigue est un judoka. Tu paries que Monsieur Jourdain apprendra à tirer au pistolet et à danser le jerk. Le metteur en scène est tout ce qu'il y a de moderne. C'est un mec au petit poil.

– Paul ! Mais quel langage !

– C'est vrai, Mémé. Tiens, quand ils joueront *Phèdre*, tu verras. Ça deviendra une corrida, avec le Minotaure.

– Ne l'écoutez pas, François. Il dit n'importe quoi. J'espère que vous êtes plus raisonnable.

– Heu !... J'essaye.

– Menteur. Il te fait de la lèche, grand-mère.

– Tais-toi donc, petit malappris. Rita, vous pouvez apporter le riz au lait.

François pâlit et jeta un regard désespéré à son ami, qui, d'un coup d'œil, le rassura.

– Vous aimez le riz au lait, François ?

– Sûr, Mémé. Il aime tout, fit Paul avec entrain.

– Alors, servez-vous bien, parce que j'en connais un qui...

– Oh ! s'écria Paul. Tu exagères.

Ce disant, il déposa sur l'assiette de François une abondante portion de cette chose molle et tremblotante qui terrorisait le malheureux garçon. Puis il se servit abondamment, rapprocha son assiette de celle de François et, piochant activement d'un côté puis de l'autre, la bouche pleine et le verbe haut, déclara avec aplomb :

– Sensass, hein !... Ah, tu laisses la partie dorée. C'est le meilleur. Attends. Je vais t'aider... Oh, n'aie pas peur. Je ne mangerai pas tout. Fais pas attention, grand-mère. On est entre copains.

La vieille dame écarta le vase d'œillets qui ornait le centre de la table.

– Mais qu'est-ce que tu fabriques, Paul ?... Tu deviens impossible. François, excusez-le.

– Ce n'est rien, plaida François. C'est vrai que ce riz est délicieux.

– Tant mieux. Il vous en restera pour ce soir.

Serrant sa serviette sur sa bouche, François chuchota en coin.

– Salopard ! Tu me le paieras.

Pour se remettre de ses émotions, il accepta une tasse de café, tandis que Paul développait le programme de l'après-midi.

– On prendra les vélos et on ira à Vareilles, d'où l'on voit les gorges. Et puis, on reviendra par Prunières. C'est une chouette balade.

– Ne vous fatiguez pas trop, quand même.

Un quart d'heure plus tard, les deux garçons pédalaient côte à côte dans la Grand'Rue.

– Tu peux me dire pourquoi on emporte une lampe électrique et la ficelle de ton cerf-volant ? demanda François.

– Devine... Ce n'est pourtant pas difficile. Ça commence par Ca.

– Oh ! la barbe.

– Ca... Essaye... Ce n'est pas cabine ; ce n'est pas cafard. C'est ?... C'est ?... Bon. Monsieur est vexé. À droite, le petit chemin.

– Quoi ? On ne va pas à Vareilles ?

– Tu rigoles. La route de Vareilles, c'est bon pour les touristes. Non, on descend vers Chassignoles... Un coin à truites, dans le Chapouillet... Tu n'as jamais pêché à la main ?... Je te montrerai. Faut connaître. Tu tâtes, sous les grosses pierres. Tu sens tout de suite la bête. Ça fait drôle. Tu dirais... C'est vivant, quoi... Tu glisses la main jusqu'aux ouïes... Ça bat, sous les doigts, à petits coups. Et si tu serres pas fort, la... ham ! Ça se débine. Tu la vois même pas filer... Ah, c'est quelque chose.

Le chemin descendait rapidement le long d'un talus rocheux.

– Des fois, il y a des vipères, dans le coin, remarqua Paul, distraitement. Faut toujours avoir un œil sur ses pieds.

– Où as-tu appris tout ça ? dit François. Tu n'habites l'Auvergne que depuis... Combien ?... À peine deux ans.

– Je ne savais pas que j'étais un petit sauvage, répondit Paul, en riant. Et tu vois, les plantes, les fleurs, les arbres, j'ai tout retenu d'un coup. Les noms, les formes, les parfums... Je te repère un cèpe à dix mètres, comme un vieux paysan. Alors, tu comprends... Jamais je ne pourrai plus vivre en ville. Jamais... À gauche, maintenant.

Un sentier s'amorçait, qui présentait des traces de pneus, dans la terre molle.

– La rivière est derrière les saules, expliqua Paul. Il y a souvent des campeurs, par ici.

Ils poussèrent leurs vélos à la main.

– Et maintenant, commença François, tu vas peut-être me dire pourquoi la lampe et la ficelle.

– Eh bien, regarde.

Paul montrait du menton la falaise que le sentier longeait. Elle s'élevait à plusieurs dizaines de mètres, grise, lisse en dépit de rares bouquets de végétation.

– Tu piges ?... Ca... comme caverne, pardi ! Oui, mon vieux, j'ai découvert l'entrée d'une caverne. Oh ! c'est une simple fissure, mais après, ça s'élargit. Je voudrais bien qu'on aille plus loin, tous les deux. Hé... Sans A... Tu m'écoutes ?

François regardait non pas la muraille mais, à droite de la sente, quelque chose dans les herbes. D'une voix tremblante, il murmura :

– Ca... tu es sûr que ça veut dire : caverne ?... Parce que ça veut peut-être aussi dire : cadavre.

Un corps gisait, les bras en croix.

Les deux garçons ne bougeaient plus.

– Ça alors, fit Paul.

Soudain, ils prenaient conscience du silence. Devant eux, derrière eux, personne. Une légère brise le long de la falaise. Un papillon blanc. Un oiseau. La paix de la montagne.

Le premier, François coucha son vélo dans l'herbe, avec d'infinies précautions, comme il l'eût fait, près d'un dormeur. Il s'approcha du corps.

– Il est mort ? demanda Paul, à mi-voix.

– On dirait.

À son tour, Paul se débarrassa de sa bicyclette et vint jeter un coup d'œil. Il vit un homme vêtu d'une combinaison de mécanicien au devant lacéré. Le front du malheureux était ensanglanté.

– Tu le connais ? murmura François.

– Non.

Malgré son effroi, François s'agenouilla près de

l'homme et, d'un revers de main, chassa une mouche qui bourdonnait autour des blessures. Il dit très doucement :

– Monsieur... Monsieur...

Il n'osait pas toucher le corps et, au bout d'un moment, se retourna vers Paul.

– Faudrait prévenir.

Mais prévenir qui ?... Il n'y avait aucune maison à la ronde.

– Écoute, reprit Paul, encore blême de peur, puisqu'il est mort, pas la peine de rester là. On téléphonera depuis Saint-Chély.

– À qui ?

– Je ne sais pas, moi. À la gendarmerie, peut-être. Ou à un médecin. Sans dire qui on est.

– Absurde, laissa tomber François. Ça prendra l'allure d'un crime.

– Mais si on est mêlés à ça, mon père radinera aussi sec et qu'est-ce que je me ferai passer. Et toi aussi... J'avais raconté qu'on allait à Vareilles. Alors qu'est-ce qu'on faisait au bord de la rivière ?

– Laisse-moi réfléchir, tu veux ?

François se releva. Mains aux hanches, il observait le corps. La combinaison était à moitié arrachée, de la ceinture au col et, sous la chemise déchirée, on apercevait les traces d'une profonde ecchymose. Mais c'était la blessure du front qui semblait la plus grave. Elle avait beaucoup saigné et le visage était éclaboussé de rouge. Aucun doute, l'homme était mort. Paul avait peut-être raison. Mais, décemment, on ne pouvait pas abandonner aux fourmis et aux mouches ce pauvre type, tout seul dans l'herbe comme un chien.

– Retourne à Saint-Chély, ordonna François, et ramène les flics. Moi, j'attends ici. Grouille.

Paul se mit à pleurer.

– Qu'est-ce qu'on va prendre, gémit-il, tout en redressant son vélo.

François regarda l'heure. Trois heures et demie. Il étudia les alentours. Le sentier conservait des traces de pneus de bicyclettes, les unes très fraîches, les autres anciennes. Des pêcheurs sans doute. Ce qui était sûr, c'est qu'aucune voiture n'était passée par là récemment. Une dizaine de kilomètres d'ici à Saint-Chély. Et ça grimpait dur. Le temps pour Paul de prévenir les gendarmes... Il aurait probablement l'idée de dire qu'il était le fils du notaire, ça faciliterait les choses. Mais il fallait bien compter une heure au moins avant de voir arriver les autorités. François, bien que très ému, retrouvait peu à peu son sang-froid et, parce qu'il aimait comprendre le pourquoi des choses, il commençait à se poser des questions. Comment ce bonhomme était-il venu mourir là ? Il n'y avait aucun vélo à proximité. Donc, il était à pied quand l'accident s'était produit. Était-ce bien un accident ? Les blessures suggéraient plutôt l'idée d'une bataille. Oui, mais l'herbe n'était pas du tout piétinée. Un rôdeur, s'emparant d'une grosse pierre ?... On la verrait, la grosse pierre. Et il n'y en avait pas trace... Et l'étrange blessure de la poitrine, qu'est-ce qui l'avait produite ? Pas une lame car l'étoffe de la combinaison n'était pas fendue mais arrachée. Alors ?

François revint auprès du corps pour vérifier.

Pas d'erreur. Ça ressemblait non pas à un coup de couteau mais à un énorme coup de griffe. Nouveau coup d'œil à la montre. Quatre heures moins dix. « Qu'ils se dépêchent, parce que je vais finir par paniquer », pensa François. Pourquoi avait-il imaginé cette chose affreuse : un coup de griffe ? Maintenant, oui, tout d'un coup, il avait vraiment peur. Des rixes, il en avait vu, dans la rue, dans le métro. Il y avait des formes de violence qui ne l'effrayaient pas. Ou du moins pas trop. Mais il était trop profondément un enfant de la ville pour ne pas perdre toute assurance à la seule évocation du croc, de la serre, du bec, du venin, de la griffe. Et ce corps sans vie donnait tellement l'impression d'avoir été assailli par quelque fauve !... Il y avait parfois à la télévision des images insoutenables d'antilopes égorgées sauvagement par des lionnes embusquées. Leur proie disloquée traînait entre leurs pattes jusqu'aux buissons où elles allaient festoyer. Exactement comme ce pauvre inconnu qui semblait avoir été amené au bord du sentier pour quelque prochaine ripaille.

Allons ! Sans Atout n'était plus Sans Atout, ce garçon qui, déjà, en des circonstances difficiles, avait toujours su tenir tête à l'événement par son seul courage. Sans Atout faisait brutalement connaissance avec l'épouvante, cette espèce de crainte superstitieuse qui paralyse les membres, mouille de sueur les paumes, le visage, et fait du cœur un marteau qui cogne à grands coups lourds.

Et pourtant, autour de lui, la campagne n'avait jamais été plus riante. Le soleil posait sur son épaule une main amie. « Secoue-toi, idiot ! », se dit François. Il mit les poings dans ses poches, d'un air de bravade et poussa une petite reconnaissance du côté de cette rivière au nom comique. Le... Comment déjà ?... Ça ressemble à Chatouille... Oui... le Chapouillet... On n'a pas idée... Je rigole, voilà, je rigole. On sait ce que c'est qu'un accident. Et c'est forcément un accident. Ou bien on l'a peut-être attaqué pour le voler ?... Bizarrement, l'idée du vol avait quelque chose de rassurant. Peut-être parce que les voleurs, une fois leur coup fait, se hâtent de prendre la fuite. Donc, François n'avait plus rien à redouter. Il revint auprès du mort.

Mais... Mais... Pas possible !... Lentement, le cadavre remuait les doigts. Puis, comme un automate dont les ressorts retrouvent un reste d'énergie, le bras, à petites secousses nerveuses, se replia et la main remonta vers la poitrine mutilée. L'homme vivait. Incroyable ! François s'accroupit, sortit son mouchoir, et essuya doucement le visage souillé.

– Monsieur ! Monsieur !

Mais que dire ? Que faire ? Sinon supplier mentalement Paul de bousculer tout le monde, de pousser dans l'ambulance gendarmes, infirmiers, docteurs, ceux qui sont porteurs de survie. Vite ! La montre marque maintenant quatre heures et demie. Ils ne doivent plus être bien loin. François approche son visage près de la figure où le sang recommence à suinter.

– Je suis là, murmure-t-il. Vous n'êtes pas seul. On va vous soigner... La blessure à la tête, vous savez, quelquefois ce n'est rien du tout. Moi, je me rappelle, une fois...

François s'interrompt, observe les traits figés du blessé. Est-ce qu'il entend ? Qui sait si le son lointain d'une voix secourable n'est pas capable de retenir, au bord de la nuit, celui qui est sur le point de se laisser glisser ? À défaut d'un remède, il faut parler, parler...

– Je m'étais assommé contre une porte. Alors, là, un sale coup. Complètement K.O. comme vous. Incapable de parler. Mais j'entendais tout. Vous aussi, vous m'entendez ; j'en suis sûr. Et puis, au bout de deux jours... Ah ! Écoutez !

Encore faible, bien que nettement perceptible, le pin-pon des prompts secours.

– Ils arrivent ! crie François.

Impulsivement, il serre dans la sienne la main du moribond et, pris d'une soudaine faiblesse, s'assoit dans l'herbe. Il n'en peut plus. Il a fait tout ce qu'il pouvait. Il est sur le point de défaillir. Là-bas, à l'entrée du sentier, l'ambulance manœuvre parmi les ornières. Elle est blanche et se déhanche souplement sur les bosses et dans les creux.

François retrouve soudain la force de bondir au milieu du chemin et d'agiter les bras. Le cauchemar est fini. Il aperçoit, derrière l'ambulance, une voiture noire, des silhouettes. Par des conversations surprises à table, il sait en gros comment démarre une enquête. On interroge les témoins. La presse commente leurs déclarations. Pas moyen de se soustraire à la curiosité du public. Embêtant. Très embêtant. Paul a raison. Ça va chauffer, du côté de Cannes. « Qu'aviez-vous besoin de vous mêler de ça ? On ne peut donc pas vous laisser seuls un moment. Aussitôt les bêtises commencent. » « Mais ce n'est pas notre faute ! » « Taisez-vous ! » Bon ! Les vacances sont fichues. Il n'y a plus qu'à faire front avec détermination.

Les portières claquent. Trois hommes en blanc. Deux hommes en noir. Les secouristes et les policiers. Et, derrière eux, Paul, qui n'en mène pas large. Lui qui est costaud, râblé et qui remue toujours beaucoup d'air, on dirait qu'il a rétréci. Les policiers ne font pas attention à François, ce qui l'indigne. Ils observent le corps, tandis qu'un des infirmiers – plutôt un médecin – se fourre dans les oreilles les tuyaux de son... machin (François a oublié le nom) et se prépare à écouter le cœur du blessé.

– Attendez, dit l'inspecteur.

Il fouille rapidement la combinaison. Rien.

– Allez-y.

L'examen dure assez longtemps, puis le médecin lève la tête vers le cercle des assistants et fait une grimace.

– Pas brillant, dit-il.

Et alors, avec une rapidité et une précision extraordinaires, le sauvetage commence. La civière dans l'herbe... Les gestes calculés, efficaces, qui allongent l'homme et étendent sur lui une couverture, le flacon de la perfusion tenu à bout de bras, l'étrange convoi stoppé à l'arrière de la voiture, la civière poussée comme un pain dans un four. L'ambulance fait demi-tour, guidée par le plus petit des policiers qui tourne autour et crie de temps en temps : « Ça passe... Ça passe... » L'autre s'adresse enfin à François et à Paul.

– À nous, dit-il. D'abord, vos noms... Vous, oui, Paul Loubeyre ? Vu. Et vous ?

– François Robion.

– D'après votre camarade, vous seriez le fils de maître Robion, l'avocat ?

– Exact. C'est facile à vérifier.

Le petit inspecteur s'approche et parle à voix basse.

– Oui, répond le grand, cette combinaison, ces taches de cambouis ; il doit travailler dans un garage... Mais il n'est pas d'ici. Alors d'où vient-il ? Par quel moyen ? Hein ? Il n'a pas été parachuté.

Il s'adresse à François.

– Voyons, vous n'avez aperçu personne ?

– Personne.

– Avant de prendre ce sentier, vous n'avez rencontré personne ?

– Personne.

– Pas une seule voiture ? Pas un cycliste ?

– Non.

– Vous n'avez pas eu l'idée de jeter un coup d'œil dans les environs ?

– Non. Pas vraiment. Ce chemin aboutit à la rivière.

– Quelqu'un aurait pu se cacher parmi les saules.

– Je n'y suis pas allé voir.

– Vous n'étiez pas trop rassuré.

– Heu... J'avais un peu peur.

Le policier sourit, sort de sa poche un paquet de gauloises, est sur le point d'en offrir une à François, se ravise et demande :

– Vous êtes arrivés à quelle heure ?

– À trois heures et demie.

– Vous êtes venus près du corps. Essayez de vous rappeler. Est-ce qu'il saignait encore ?

– Non, dit François. J'ai eu l'impression qu'il était mort depuis assez longtemps.

– Je vois... Et vous deux, qu'est-ce que vous veniez faire ici ?

– On se promenait. Je suis arrivé de Paris ce matin et Paul a voulu me montrer les environs de Saint-Chély.

– Pas de chance.

Le policier appelle son compagnon.

– Oh ! Michel. Tu n'as rien trouvé ?

– Non, rien.

L'inspecteur, fauchant l'herbe tantôt d'un pied, tantôt de l'autre, examine le terrain. Et tout en cherchant, il parle à la cantonade.

– Ce qui m'étonne, c'est la plaie à la poitrine. Ça ne ressemble à rien. Ou plutôt, ça me fait penser à quelque chose, mais c'est tellement absurde. À Orléans... au cirque des Frères Ancelin, il y a trois ans, l'accident du dompteur. On en a parlé dans les journaux... D'un seul coup de patte, rran, la poitrine ouverte... Mais, évidemment, ça n'a aucun rapport.

– Non, dit l'autre. Aucun rapport... Allez, en route, les mômes.

Les deux garçons échangent un regard scandalisé. François relève sa bicyclette.

– Mettez-la dans le break, à côté de l'autre, indique le policier.

Ils s'installent dans la voiture, François devant, Paul derrière près de Michel.

– Monsieur, murmure François, est-ce qu'on parlera de nous dans *l'Écho de la Lozère* ?

– Pourquoi ?... Ça vous ferait plaisir ?

– Non. Au contraire. On aimerait mieux pas. À cause de nos parents. Ils ne seraient pas très contents.

– Tu les entends, Michel ? En voilà deux, au moins, qui ne cherchent pas la publicité. Vous en faites pas, petits... On va taper vos déclarations et après on n'aura plus besoin de vous.

« Les mômes... Petits... », François est vexé. S'il n'avait pas pris l'initiative d'envoyer Paul chercher du secours, l'inconnu serait peut-être déjà mort. Mais l'important, c'est que la presse ne s'occupe pas d'eux. Après tout, ils ne sont même pas des témoins. Rien que des passants... Et des passants, ça ne vaut pas trois lignes dans un journal. Donc, pas un mot à la maison. La grand-mère de Paul ne se doutera de rien. François commence à se rassurer. Et si celui qui s'appelle Michel n'avait pas eu la fâcheuse idée de parler de ce cirque... : « D'un seul coup de patte. Rran !... » Une sale image qui vrombit dans la tête comme une grosse mouche dans le pli d'un rideau... Heureusement, il n'y a pas de fauves sur les bords de la Chatouille... Non... Pas Chatouille... et puis, tout ça, c'est déjà du passé... Et François est tellement fatigué... Le viaduc de Garabit... Le riz au lait... François s'est endormi. Il est très étonné, à son réveil, d'entrer dans un bureau qui sent la vieille pipe.

– Attendez, dit un planton, monsieur le commissaire va vous recevoir.

Paul a repris des couleurs. Les taches de rousseur, autour de son nez, sont moins visibles et ses yeux ont retrouvé leur vivacité.

– Tu es gonflé, dit-il. Roupiller dans leur bagnole, faut le faire. Moi, j'avais la trouille, mais, d'après ce qu'ils se racontaient tous les deux.... Non, bien sûr, tu ne pouvais pas entendre puisque tu pionçais... On n'a rien à craindre... On signe un truc et on s'en va. Quelle heure est-il ?... Cinq heures et demie. Mémé doit déjà nous guetter.

Eh bien non. Paul se trompait. Mémé tricotait en regardant la télé. Elle releva ses lunettes sur son front et éteignit le poste.

– Vous êtes-vous bien amusés ?

– Pas mal, dit Paul.

– N'est-ce pas que le point de vue est superbe ?

C'était au tour de François de mentir.

– Superbe ! bredouilla-t-il.

– Une autre fois, reprit-elle, Paul vous emmènera voir une jolie petite rivière, pas loin d'ici... Quand j'étais jeune, j'y allais souvent. On y trouve des jonquilles et des violettes.

« Et autre chose aussi », pensa François, avec un serrement de cœur.

– Si vous avez faim, j'ai préparé un petit plateau à la cuisine.

– Non, merci, Mémé... Je vais montrer mes aquarelles à François.

– C'est ça. N'oubliez pas que nous dînons à sept heures.

Paul referma doucement la porte de sa chambre et plongea sur son lit.

– Repos, s'écria-t-il. Je n'ai plus de jambes. Et tu vois, ce qui m'a le plus démoli, c'est leur espèce d'interrogatoire au commissariat. Pas toi ?

– Non, dit François. Faut bien qu'ils se renseignent.

– Ouais... D'accord... Mais pourquoi ils nous ont fouillés ?

– On a été invités à vider nos poches. Ce n'est pas pareil. Et en un sens, ça valait mieux, parce qu'ils ont pu voir, sur ma carte d'identité, que je suis bien François Robion.

Paul éclata de rire.

– La bouille du moustachu, c'était quelque chose !... Et Monsieur votre père par-ci, et Monsieur votre père par-là... S'il y avait eu, en plus, Sans Atout marqué sur ta carte, ils nous ramenaient en taxi.

– Tu as fini de te payer ma tête ?

– Mais non, mon petit vieux. On rigole, quoi !

Paul fit une cabriole, se cogna au mur, se frotta la nuque, toujours hilare.

– J'avais jamais vu de commissaire, figure-toi. Eh bien, c'est exactement comme dans les polars... Sauf les cheveux en brosse. Et on n'a pas idée de s'appeler Margoulin.

– Pas Margoulin, idiot. Marjolin.

– Ah ! Marjolin... Arrête !

C'était la crise de fou rire. Paul se roulait sur son lit. Marjolin ! C'est pas vrai. Tu t'rends compte. Marjojo... Marjolin... Bon. C'est fini. Il s'appelle Marjolin. Il a bien le droit.

Nouvelle crise. Les larmes sur les joues. Le hoquet.

– C'est bête de rigoler comme ça. Surtout que je n'en ai pas tellement envie. Passe-moi ton mouchoir. C'est la réaction, mon vieux. J'ai tellement eu la trouille. Pas toi ?... Non. Sans Atout est au-dessus de ça. Il est...

François, une jambe par-dessus l'accoudoir du fauteuil, balançant son pied au rythme d'une vague musique qui s'improvisait dans sa tête, l'interrompit.

– Le type, là-bas, il n'est pas venu à vélo... pas en auto non plus... et pas à la nage. Alors, comment ?... Si on l'avait apporté là depuis la route, il y aurait eu des traces de pas, mais rien... Il n'est pas tombé du ciel. Ah ! mais si.

Il se leva, fit pensivement quelques pas puis donna une bourrade à Paul.

– Voilà. Il est tombé du ciel.

– Hé, dis donc, faut te soigner, fit Paul.

– Qu'est-ce qui monte très haut ? Qu'est-ce qui domine la rivière ? Hein ?... La falaise... Le gars... Imagine.... Le gars, il est là-haut, pour une raison qu'on ignore, et puis, il perd l'équilibre et il tombe, mais en râclant la pierre, en arrachant le devant de son vêtement... et puis sa tête porte sur une saillie, et ça y est. Il arrive en bas dans l'état où nous l'avons trouvé.

Paul s'est assis, captivé. Il opine.

– Ça se défend. Seulement, il y a un os.

– Quoi ?

– Le corps était à plusieurs mètres de la paroi, alors qu'il aurait dû être juste au pied, si on raisonne comme toi... Et puis il y a un autre os, si tu permets... J'ai grimpé là-haut, une fois, pour rattraper mon cerf-volant qui s'était débiné... Eh bien, là-haut, ça ne ressemble pas du tout à tes falaises de Bretagne. On pourra y aller voir. C'est un amas d'éboulis, de crevasses, ça descend en escalier. D'en bas, tu as l'impression d'un à-pic. Mais d'en haut, ça fait un peu toboggan, si tu vois... Le type serait resté accroché en cours de route.

– C'est pourtant la seule explication, constate François, le front buté. Écoute, demain matin, on y retourne. Plus tard, on risque de tomber sur des flics ou sur des journalistes. La fissure que tu voulais me montrer, elle est où ?

– Un peu plus loin. Il faut grimper un peu... jusqu'à un petit arbre qui la cache. Je suis tombé dessus par hasard, en tirant sur des choucas.

– Tu chasses ?

– J'ai une fronde, mais personne n'a besoin de le savoir.

– Suppose... cramponne-toi... suppose que ta fissure débouche bien sur une caverne... Suppose que notre type en connaisse l'existence... Suppose qu'il soit un étranger au pays et qu'il s'y cache... Suppose...

Paul s'étendit à plat ventre sur le lit, les poings aux oreilles.

– Assez ! cria-t-il. Suppose qu'on soit des sauvages, comme dans *La Guerre du feu,* suppose qu'on soit poursuivis par le grand Mammouth des montagnes... Ça te prend souvent de raconter n'importe quoi ?

– J'essaye de comprendre. Voilà.

Paul, qui ne pouvait tenir en place, s'assit en tailleur.

– Bon, dit-il. On ira là-bas, d'accord. Mais pas demain matin. D'abord, on aura des commissions à faire pour grand-mère. Et puis, il faut savoir ce que Marjolaine a raconté aux journaux.

– Marjolin, tête de bois.

– J'aime mieux Marjolaine. On questionnera Rita, aussi. Par sa sœur qui travaille à l'hôpital, on saura des choses... Vers trois heures, en douce, on pourra aller voir. D'ac ?

À ce moment, le téléphone sonna au rez-de-chaussée, et Paul, d'un coup, perdit toute assurance.

– Vas-y, toi, murmura-t-il. Moi, si c'est ma mère, elle va tout de suite sentir qu'il y a eu du vilain.

– La mienne, c'est pareil, jeta François, en traversant rapidement la chambre.

– François ! appela la vieille dame. C'est votre maman.

En descendant l'escalier, il se composait tant bien que mal une âme d'innocence.

– Allô ?... Maman... Eh bien, ça y est. Je suis à Saint-Chély... Oui, j'ai fait un bon voyage. Le temps est superbe. Je me plais déjà bien ici... Comment ?... Oh, je pense que nous ferons surtout des balades à vélo... Pourquoi es-tu toujours à t'inquiéter ?... On peut faire du vélo sans risque... Écoute, maman, c'est ridicule... Je ne vais pas tous les soirs te raconter notre emploi du temps... Bon, si tu insistes, oui, on a fait un petit tour... Et puis, voilà, quoi... Pourquoi veux-tu que je sois fatigué ?... Si tu n'as pas confiance, tu peux demander à la grand-mère de Paul. Elle te dira que tout va très bien... Tiens, je te la passe... Oui, moi aussi, je vous embrasse... Non, ça je peux te le dire : je ne regrette pas Cannes.

– Ça a marché ? demanda Paul.

– Pas mal. Mais si, par malheur, demain, le journal en dit trop long, ta grand-mère va nous interroger, et tu vois la suite.

Les deux garçons, silencieux, auscultaient l'avenir.

– Moi, reprit enfin François, j'en serai quitte pour une bonne dispute. Et toi...

– Moi, dit Paul, je ne sais pas... Mon père est drôle, ces temps-ci. Ses affaires n'ont pas l'air d'aller très bien. Il est sans arrêt à cran. Et puis, c'est vrai, je n'aime pas le collège. À Paris, je ne travaillais pas mal. Mais ici... ça ne va plus. Les maths, c'est la barbe. Le reste aussi... Ce que je voudrais... tu vas te marrer... c'est être explorateur. Si je racontais ça chez moi, ils exploseraient.

– Explorateur ! Tu n'avais pourtant pas l'air très fier, quand on a découvert le pauvre type.

– Justement, dit Paul. Je ne sais pas comment expliquer.... J'aime bien avoir peur... Pas trop quand même... Juste assez pour que tous les jours ne ressemblent pas à tous les jours. Je découvrirais une grotte, tu parles si je serais content, tiens... *La grotte Loubeyre,* ce serait marqué dans les guides.

– À table !

– Déjà sept heures, s'écria François. Tu veux être chouette ?... Dis à ta grand-mère, dans un coin, que je n'aime pas le fromage. Toi, tu trembles devant les macchabs. Moi, je peux bien trembler devant un camembert.

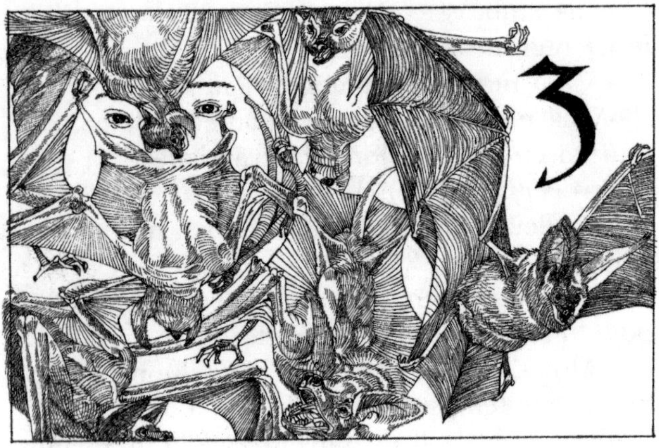

ACCIDENT OU CRIME ?

Hier, vers seize heures, deux jeunes promeneurs ont découvert, près du Chapouillet, à l'endroit dénommé « Le Saut du Berger », le corps d'un homme, grièvement blessé à la poitrine et à la tête. Les officiers de police, Puech et Vitrac, ont aussitôt commencé l'enquête qui s'avère très difficile, faute d'indices. L'homme, dont l'identité n'a pas encore été établie, est toujours dans le coma. Selon les premières déclarations de l'actif commissaire Marjolin, la victime serait âgée d'une trentaine d'années et porterait, à l'avant-bras droit, une cicatrice pouvant provenir d'un coup de couteau. En outre, elle exhiberait au bras gauche plusieurs tatouages caractéristiques. D'où vient ce personnage mystérieux, dont les poches étaient vides, dont les vêtements, très usagés, ne montrent aucune marque susceptible d'orienter les recherches ? Seul détail intéressant : les mains de l'inconnu conservent des traces de cambouis. S'agit-il d'un ouvrier agricole ou, plus simplement, d'un de ces routards comme il en circule beaucoup trop dans nos montagnes. On sait que, depuis déjà plusieurs années, des crimes, dont les auteurs n'ont jamais été arrêtés, ont été commis, tantôt en Lozère, tantôt dans l'Aveyron ou dans le Cantal. S'agit-il d'un nouveau forfait, comme tout semble l'indiquer, ou d'un accident dont les auteurs, pour fuir leurs responsabilités, auraient transporté la victime en un lieu un peu écarté ? Le commissaire Marjolin, dont on connaît la discrétion, s'est contenté de nous répondre : « Qu'on me fasse confiance. Je tiens le bout du fil. » Eh bien, bonne chance, commissaire !

Madame Loubeyre releva ses lunettes sur son front, en un geste familier, et replia le journal.

– Mais quelle époque ! soupira-t-elle. On n'est plus en sûreté nulle part.

Paul et François, le nez dans leur bol de chocolat, gardaient un silence prudent.

– « Le Saut du Berger ! » reprit-elle, c'est justement là que j'allais cueillir des violettes, autrefois. Mes pauvres enfants, vous auriez pu y passer en vous promenant. C'est effrayant, quand j'y pense. Promettez-moi de ne pas vous écarter de la route, quand vous vous promenez.

– Oui, grand-mère, dit Paul.

– Rita, quand elle arrivera tout à l'heure, pourra nous renseigner. Elle saura forcément des choses, par sa sœur... Tenez, je l'entends.

La vieille dame se précipita. Paul vida son bol en deux gorgées goulues, s'essuya la bouche d'un revers de main et donna un coup de coude à son ami.

– Tu sais, dit-il, Mémé n'en a pas l'air, comme ça, mais c'est fou ce qu'elle aime les faits divers. C'est son cinéma à elle.

Il s'avança sur la pointe des pieds jusqu'à la porte de la salle à manger et approcha son oreille du panneau. Il ne tarda pas à sourire largement et invita François à venir le rejoindre.

– Écoute ça.

Rita avait une forte voix de commère.

– D'après ma sœur, expliquait-elle, il n'aurait aucune fracture.

– Alors, il ne mourra pas.

– Non. Mais peut-être qu'il ne se souviendra de rien, quand il se réveillera. Le chirurgien a dit qu'il était trauma... trauma...

– Traumatisé.

– Oui. En tout cas, il est dans son lit comme un mort. Un beau garçon, paraît-il. Y a un flic qui l'a asticoté. Il n'entend même pas. Comme si on ne devrait pas le laisser tranquille.

Paul ramena François en arrière et murmura :

– Nous voilà pépères. Fridolin a été régulier. Il n'a pas parlé de nous... Tu n'as pas l'air content ?

François parut émerger d'une sorte d'engourdissement.

– Quoi ?... Non. Je suis très content, bien sûr. Mais j'avais oublié le détail du cambouis. Ça fait penser à une mobylette ou à une moto. Il a bien fallu qu'il se déplace... Et si tu rapproches ce détail de la combinaison de mécanicien... Il n'y aurait pas un cirque, des fois, quelque part ?

– Un cirque ?... Allons bon. Voilà Sans A qui rentre en scène. Et pourquoi un cirque ? Je ne vois pas le rapport.

– Oh, pour rien. Une idée, comme ça.

Toute la matinée, Paul harcela son ami.

– Dis... tu me la dis, ton idée ? Ce n'est pas vrai. Tu fais le malin mais tu ne sais rien. Moi aussi, je peux dire que j'ai une idée. C'est facile... Moi, quand j'ai découvert ma caverne, j'ai immédiatement pensé à toi. J'ai pensé : c'est pour nous deux. On y entrera ensemble. Parce que j'ai bon cœur... Toi, tu te méfies de moi. Tu gardes ton idée pour toi... Qu'est-ce que c'est, hein ? Allez. Vas-y.

– Ce que tu peux être casse-pieds, gémit François. Je te jure que je suis incapable de préciser. Ça ne t'arrive pas, à toi, de penser à quelque chose, et puis ça te file sous le nez. C'est peut-être la façon dont le type était habillé qui m'a... J'ai déjà vu, autour des cirques, des garçons de piste habillés comme ça... Ils tripotent des choses pas très propres ; ils viennent d'un peu partout... Ils s'occupent des bêtes, aussi ; c'est même ça qui m'a fait penser...

– Ouais... et alors ?

François se concentra et, fermant à demi les yeux comme s'il était gêné par une lumière trop vive, il commença :

– Suppose...

– Ah non, cria Paul. Tu me fatigues, avec tes suppositions. Allons voir ma grotte. Ça, c'est du vrai, au moins.

Ils y allèrent, après un déjeuner dont le dessert ne réserva aucun piège. Le temps se maintenait au beau et l'on avait l'impression que l'herbe avait poussé pendant la nuit, tant elle était verte et drue. Personne aux environs du Chapouillet. Ils dépassèrent l'endroit où ils avaient découvert le corps.

– Un garçon de piste, reprit Paul. Oh ! c'est bien un truc à toi.

Ils entendaient la rivière, à droite. Le sentier se perdait dans des touffes de fougère.

– C'est ici, dit Paul. J'étais caché près du saule et j'observais les choucas.

– Qu'est-ce que c'est ?

– Des espèces de corbeaux, mais encore plus malins que des corbeaux. Ils doivent avoir un nid, là-haut, dans les rochers... Et tu vois, la paroi n'est pas lisse. C'est plein de saillies, partout, de buissons qui s'accrochent, dès qu'ils trouvent un peu de terre. La fissure est là... juste au-dessus de toi... Laisse, je passe devant. J'ai l'habitude.

Paul prit en bandoulière le sac qui contenait la lampe électrique et le rouleau de fil de nylon. Il se colla contre la pierre et jeta par-dessus son épaule :

– Tes pieds où je mets les miens. Va pas te fiche par terre.

L'ascension était facile et durait peu. François rejoignit Paul sur un ressaut d'où fila un lézard. Paul montra la fissure qu'il avait repérée. Elle courait en biais, de haut en bas, comme si, en des temps très lointains, une convulsion avait tordu la falaise. Paul, aussi sûr de ses mouvements que s'il s'était déplacé sur un balcon, atteignit les arbustes qui avaient poussé autour d'elle et se plaça en biais, après avoir accroché son sac à une branche. Se faisant tout mince, à petites secousses, il s'enfonça dans la fente.

– Amène-toi, cria-t-il. Ça va tout seul. Passe-moi le sac.

Il disparut et François ne vit plus que son bras tendu. Non sans un peu d'appréhension, il se glissa à son tour le long de la muraille et tendit le sac qui fut happé par une main impérieuse. Paul n'était plus qu'une voix qui conseillait avec rudesse :

– Le ventre... Rentre le ventre... Et le derrière aussi... Pousse !... Pousse !...

François sentit soudain que l'étreinte de la pierre se relâchait. En même temps, le rond lumineux de la lampe électrique se promena autour de lui.

– Et alors, mon petit Sans A, qui est-ce qui avait raison ?

Un vague écho prolongea ces paroles, tandis que le halo volait en tous sens, révélant une entaille profonde qui permettait de marcher en baissant la tête. Le sol était sec, parsemé de gravier.

– Crois-moi, dit Paul, personne n'est jamais venu ici.

Il éclaira devant ses pieds, puis plus loin, vers le fond du souterrain. La lumière du dehors ne leur parvenait plus que filtrée par les branchages qu'ils avaient dû écarter. Ils restaient au seuil de l'ombre, hésitants, intimidés.

– On y va ? murmura Paul.

Ils ne bougèrent pas, l'oreille tendue vers un silence lourd, le silence du fond de la terre.

– J'attache ma ficelle, dit Paul. On ne risque pas de se perdre.

François, fasciné, fit un pas, deux pas, se rendit compte tout de suite que le sol descendait légèrement. Il leva le bras, rencontra la voûte au-dessus de sa tête. Il s'attendait à sentir, sous ses doigts, des concrétions calcaires, comme il en avait vu souvent à la télévision. Il tâta, à droite, à gauche, et soudain étouffa un cri. Il venait de toucher quelque chose qui était velu, tiède, vivant.

– Éclaire, vite... juste au-dessus de moi.

La lumière illumina des sortes de grappes noirâtres d'où sortirent quelques cris pointus.

– C'est des chauves-souris, dit Paul. Tu ne vas pas en faire un plat.

C'était comme une treille de petits corps bien retranchés dans leurs ailes repliées et qui, la tête en bas, regardaient les intrus avec des yeux qui brillaient furtivement. Deux ou trois se détachèrent et frôlèrent François d'un vol mou.

– Ça suffit, décida-t-il d'une voix tremblante. Moi, je me taille.

– Allez... Fais pas l'idiot. C'est pas méchant... Amène-toi. Tu as remarqué ? Il y a de la pente et ça s'élargit.

Ils progressèrent en silence. Un très léger courant d'air leur soufflait au visage un relent de cave.

– J'ai l'impression que ça va loin, chuchota Paul. J'ai déjà dévidé plus de vingt mètres.

Sa voix paraissait bizarrement doublée d'une seconde voix caverneuse. Leurs pas aussi s'accompagnaient d'un deuxième bruit de pas. L'écho leur donnait des compagnons sonores dont la présence troublait François plus qu'il ne voulait se l'avouer.

– Combien fait-elle, ta corde ?

– Plus de cent mètres.

– Quand on sera au bout, on s'arrêtera. Je...

François buta dans le dos de Paul et regarda par-dessus son épaule. La lampe éclairait un espace élargi, une sorte de carrefour de ténèbres.

– Ça bifurque, dit Paul.

Il balaya la nuit d'un rayon qui découvrait la double entrée d'un tunnel.

– Tu te rends compte, reprit-il. On est les premiers.

– À qui le diras-tu ? fit remarquer François, presque méchamment tant il en avait assez de cette marche trébuchante dans une obscurité qui commençait à l'angoisser.

– Eh bien, répliqua Paul, à personne. Ce sera notre secret.

– Bon. Maintenant, on a vu. Tu es content. Alors, on s'en va.

– Toi, si tu veux. Mais pas moi. J'ai encore pas mal de ficelle. Écoute, vieux. C'est ma caverne, tu comprends. Je dois l'examiner à fond.

Paul se remit en marche, jeta un coup de projecteur à gauche, puis à droite. Les boyaux se perdaient dans le flou. Il cria : « Ho ! Ho ! », et, de la gauche, puis avec un temps de retard, de la droite, son cri lui revint, amenuisé par la distance.

– Mais c'est formidable ! s'exclama Paul, enthousiasmé. Jusqu'où cela peut-il aller ? À Saint-Chély, on n'a jamais entendu parler d'un réseau souterrain. Autrement, tu verrais rappliquer les spéléos. Je parie pour la droite. Quand je n'aurai plus de ficelle, on s'arrêtera. Une autre fois, on apportera une boussole.

François grogna quelque chose qui signifiait que, pour lui, il n'y aurait sans doute pas d'autres fois. Devant ses yeux, découpant une ombre énorme, Paul ouvrait la route, éclairant le sol, puis le plafond, puis les murs où, de loin en loin, étincelaient comme des gemmes des parcelles de mica. Tantôt le passage s'étranglait et il fallait se glisser de biais, tantôt il s'évasait, prenait une ampleur reposante. On pouvait se redresser, respirer mieux, prendre le temps de regarder autour de soi. François devait reconnaître que son ami avait fait, par hasard, une remarquable découverte. Il avait lu les récits de Carteret, de Martel, de Trombe – mais que n'avait-il pas lu – et voilà qu'il marchait sur leurs traces, sans beaucoup de conviction, certes, et cependant avec une curiosité en éveil. Étaient-ce les eaux souterraines qui avaient foré ces canaux en dissolvant peu à peu les parties les moins dures du rocher ? Ou bien n'était-ce pas plutôt quelque séisme, au cours de la préhistoire, qui avait brisé le socle de la falaise et disjoint les montagnes, produisant des fissures qui offraient maintenant aux explorateurs autant de chemins vers le cœur du massif, peut-être, ou vers quelque débouché sur la vallée ?

– Stop ! s'écria Paul. Je n'ai plus de corde.

Silence. Le cou tendu, ils épiaient la nuit. Le courant d'air qui venait des entrailles de la terre soufflait avec la même régularité, sentant le champignon, l'humus, le moisi. François flairait.

– Il doit y avoir quelque part une cheminée, observa-t-il. Ou bien une ouverture quelconque vers l'extérieur.

– On peut aller voir un peu plus loin, proposa Paul.

Il se baissa, choisit une grosse pierre cubique à laquelle il attacha l'extrémité de la corde.

– Tant que le couloir ne se divise pas, poursuivit-il, on est tranquilles. Pas de danger qu'on s'égare.

– Et ta pile ?

– Elle est neuve. Regarde depuis combien de temps on marche.

François approcha son poignet de la lampe.

– Trente-cinq minutes, mais on ne va pas vite.

– Bon. On continue.

Ils reprirent leur exploration tâtonnante. Le boyau filait droit. Paul avait raison. Il suffirait de rebrousser chemin pour retrouver la corde, mais François ressentait presque douloureusement l'absence de ce fil conducteur, qui représentait une espèce de point d'appui. Cette errance, à la lueur d'un lumignon, lui paraissait le comble de l'absurdité. Et s'il se produisait derrière eux un éboulement, par exemple !... Mais en même temps, il ne cessait d'observer et se rendait bien compte que la galerie se creusait en plein rocher, en plein granit de la plus ancienne Auvergne, et c'était ça, le paradoxe. Un géologue aurait protesté. Un réseau souterrain, ici, c'était impensable. C'était tout le contraire d'un terrain à fissures. Il faudrait mettre quelqu'un au courant. On ne pouvait pas garder pour soi une aussi étrange trouvaille.

En progressant avec précaution derrière son ami, François passait en revue les gens auxquels il serait le plus indiqué de se confier. La famille, pas question. Ce serait le drame. La gendarmerie ? Après la découverte macabre de l'inconnu. Impossible. Peut-être un des professeurs de Paul ?

– Paul !... Ton prof de sciences nat., il est bien ?

– C'est une bonne femme. Ouais, elle est pas mal... Sauf qu'on la chahute à mort. Pourquoi ?

– Oh, pour rien.

– Tu dis tout le temps : pour rien. Tu es agaçant à la fin. Qu'est-ce que les sciences naturelles viennent faire ici ?

– Eh bien, ces cavités dont personne ne soupçonne l'existence, il faudrait les explorer avec de gros moyens... Il y a peut-être des cavernes avec des dessins, des peintures, comme à Lascaux... Donc on devrait mettre quelqu'un dans le coup. Je pensais à un prof.

– Là, je t'arrête. Pour que mon père l'apprenne ! Je suis censé faire des maths, pendant les vacances. S'il savait qu'on se balade sous terre... Ah !

Il changea de ton et annonça, comme un receveur d'autobus :

– Fin de section. Tout le monde descend.

– Quoi ?

– Carrefour, si tu aimes mieux.

Le rayon lumineux permit de repérer, par pans successifs, une salle assez importante où s'amorçaient d'étroits tunnels qui conduisaient peut-être tout de suite à des culs-de-sac et peut-être aussi à quelque merveille. Paul compta, à voix haute, quatre ouvertures.

– Je reste ici, dit François, fermement. Cette fois, il y a du risque. On n'a plus de corde.

– Écoute.

C'était, mais dans quelle direction, un bruit bizarre, qui se perdait puis se manifestait plus nettement, une sorte de voix ; non, pas de voix, plutôt comme si l'on pleurait doucement, au fond de la nuit.

– Il y a quelqu'un ? cria Paul.

Ils tendirent l'oreille, puis François poussa un long soupir.

– C'est de l'eau, dit-il.

– Tu vois... Attends. Ne bouge pas. Je fais juste quelques pas.

Paul s'avança lentement, comme s'il avait craint d'effrayer un invisible visiteur.

– Oui, murmura-t-il enfin, c'est peut-être une source. Toute petite. Ça goutte, là... dans le fond.

– Est-ce que c'est humide, par terre ?

Du dos de la main, Paul tâta le sol.

– Non. C'est froid, attends... Je vois, là... Ah ! Qu'est-ce que c'est que ça ?

Sa voix exprimait brusquement un effroi qui se communiqua à François comme un courant électrique. La lampe restait braquée sur une chose noirâtre, parmi les graviers. Il se tourna vers François.

– On est venu, dit-il, en essayant de contrôler son trouble. Il y a quelqu'un. Viens voir.

Oubliant toute prudence, François se précipita.

– Ne marche pas dessus, recommanda Paul, qui s'accroupit et, se servant d'un caillou allongé comme d'une palette, étala ce qui paraissait être un bonnet ou un béret.

– Une casquette, dit François. La visière est déchirée.

– Écoute, murmura Paul, à nouveau.

Mais c'était leur respiration haletante qui faisait ce bruit. François avança un doigt et toucha l'étoffe, qui était grasse. Il releva son doigt, l'examina de tout près.

– Du sang, fit-il, et sortant son mouchoir, il s'essuya hâtivement. Passe-moi ta lampe.

Le rayon lumineux, promené autour de la casquette, révélait sur la pierre des traces brunes, des grumeaux couleur de confiture.

– Des caillots, reprit François. Et tu sais à qui elle appartient, cette casquette ?

– Non.

– Au blessé qu'on a trouvé hier vraisemblablement ! On voit qu'elle n'est pas là depuis longtemps.

Ils se redressèrent ensemble et François, le cœur battant, pivota lentement sur lui-même, éclairant les bouches d'ombre qui trouaient les parois. Chacune recelait peut-être une menace. Qu'est-ce qui se cachait là ? La phrase du policier lui revint en mémoire. « D'un seul coup de patte... La poitrine ouverte... » Est-ce que ce qu'ils avaient pris pour une caverne était un antre ?

Bizarrement, des images éclataient comme des flashes dans sa tête, des souvenirs de lectures, des réminiscences d'anciennes terreurs... le Cyclope... le Minotaure au fond du labyrinthe... Sa main tremblait. Paul le tira par la manche.

– On se débine, chuchota-t-il.

Et François sentit que son ami était encore plus terrorisé que lui, ce qui mit fin à sa panique. La source disait toujours sa peine, dans le grand silence de la nuit.

François, du rayon de la lampe, montra la fissure la plus éloignée.

– C'est sans doute par là qu'il y a un passage, dit-il... Savoir comment ce pauvre type s'y est pris pour arriver jusqu'ici ! Suppose que...

– Bon, coupa Paul, on supposera ailleurs. Rends-moi la lampe. Tu te rappelles par où on est venus ?

Seconde mortelle. François aurait dû rester posté à l'entrée du couloir d'accès et il avait malheureusement cédé à la curiosité. Et maintenant, ils hésitaient, perdus au centre d'un rond-point qui leur proposait des issues qui étaient des énigmes...

– Facile, dit François, en essayant de maîtriser sa voix. Souviens-toi. On n'avait pas besoin de se baisser. Je crois que c'est ce passage-là. Tu vois, on peut s'y déplacer à l'aise.

– La casquette ?

– On la laisse là. Mais tu comprends bien qu'on ne pourra pas se taire. Il va falloir qu'on réfléchisse sérieusement à tout ça... Hé ! Doucement. Je ne peux plus te suivre.

À mesure qu'ils se dépêchaient, leur peur grandissait. François sentait qu'il était de moins en moins maître de ses nerfs. Une idée affreuse lui glaçait le cœur. « On nous poursuit. » Et il avait beau se dire : « Je déraille », l'évidence était là. L'homme à la casquette avait été attaqué et laissé pour mort, et cela s'était passé dans cette petite caverne qu'ils venaient de quitter. Il y avait là, en embuscade, un être innommable, semblable à quelque énorme araignée vigilante et féroce. Paul marchait vite, poussant de temps en temps des protestations et des gémissements quand, dans sa précipitation, il se heurtait rudement à la roche.

– La corde ! cria-t-il. La voilà !

Enfin ! C'était la promesse du salut. François ralentit, à bout de souffle. « Je suis bête, pensait-il. Je sais qu'il doit y avoir une explication raisonnable. Alors, pourquoi est-ce que, malgré moi, je perds comme ça les pédales ? C'est l'effet de la nuit, du silence. À ma place, mon père aurait déjà un plan pour tirer les choses au clair. Et moi, j'en suis encore à me raconter des histoires de bonne femme. Crétin ! Pauvre type ! Minable ! »

Là-dessus, il aperçut la lueur du jour et fut soulevé de joie. Ils se glissèrent hors de la fissure, éblouis par le soleil et hésitants, au seuil du réel, comme des spectateurs sortant d'un cinéma.

Ils se regardèrent, un peu honteux.

– On n'est pas très fiers, hein ? dit François.

– Il y a de quoi. En tout cas, je te préviens. Je n'y mettrai plus les pieds.

François eut la force de sourire.

– Pour quelqu'un qui veut être explorateur,

observa-t-il. Allons, ne fais pas cette tête-là. Moi aussi, j'ai eu la frousse.

Il se laissa tomber dans l'herbe, près des vélos.

– Je n'ai plus de jambes. Il faudra s'épousseter, mon petit vieux. Je ne sais pas à quoi on s'est frottés, mais on a récolté des salissures. Tu vois, aux épaules, aux manches... La prochaine fois...

Paul l'interrompit violemment.

– Compte pas sur moi.

– Voyons, Paul... Réfléchis un peu... Nous avons mis le doigt sur quelque chose de très mystérieux et...

– Justement. C'est peut-être dangereux. Je veux dire : c'est peut-être quelque chose qui ne nous regarde pas. Jusqu'à présent, on a eu de la chance. Mais imagine... si on avait été attaqués, nous aussi, là-bas.

– Ouais ! Ouais ! Mais imagine, à ton tour, si un autre bonhomme venait à disparaître, dans le même coin, de la même façon, hein ?... On serait responsables...

Paul, buté, répéta :

– Compte pas sur moi.

Ils reprirent leurs vélos et rentrèrent.

– Salut, Mémé, claironna Paul, pour donner le change. On a joué au foot, avec des copains. On est un peu fatigués. On peut se doucher ?

– Bien sûr. Vous ne vous êtes pas fait mal, au moins ? J'ai toujours peur... Veillez sur lui, mon petit François. Vous, au moins, vous êtes raisonnable.

– Tu parles, fit Paul, avec rancune.

LE MYSTÈRE DU « SAUT DU BERGER »

L'enquête menée par la police avec une efficacité à laquelle nous tenons à rendre hommage a permis à l'actif commissaire Marjolin d'identifier l'homme découvert, dans la journée de jeudi, non loin du lieu-dit « Le Saut du Berger ». Il s'agit d'un forain, Antoine Maillard, trente-deux ans, propriétaire d'un tir et vivant dans une roulotte stationnée à l'heure actuelle à Valence ; donc très loin de l'endroit où le blessé a été trouvé. Antoine Maillard souffre d'un grave traumatisme crânien et présente, à la poitrine, d'étranges ecchymoses, comme si les chairs avaient été labourées par un crochet. Il est toujours plongé dans le coma mais, d'après le docteur Blondeau que nous avons interrogé hier soir, ses jours ne seraient pas en danger, en dépit de l'hémorragie qui a littéralement vidé le malheureux de son sang. Nul ne peut dire, pour le moment, combien de temps se prolongera ce coma. Antoine Maillard, d'après les premiers renseignements recueillis à Valence, voyageait beaucoup, allant de foire en foire et tirant de son petit stand des revenus bien modestes. Que venait-il faire à Saint-Chély-d'Apcher ? A-t-il été attaqué et dévalisé par un de ces étranges « touristes » qui hantent de plus en plus souvent nos régions ?

Bien des points demeurent encore inexpliqués mais, comme le commissaire Marjolin aime à le répéter, « à chaque jour suffit sa peine ». Donc, nous en avons l'assurance, chaque question trouvera bientôt sa réponse.

Paul, couché sur le divan, la nuque reposant sur ses mains croisées, les yeux au plafond, rêvassait. François replia son journal.

– Ils nagent, déclara-t-il. Tant qu'on n'aura pas établi la carte des souterrains que nous avons découverts...

– Grâce à qui ? coupa Paul.

– Oh ! pardon. Grâce à Paul Loubeyre, le distingué spéléologue.

– Merci. Continue.

– Eh bien, tant qu'on ne disposera pas de cette carte, on ne comprendra rien à cette affaire. Il me paraît évident, à moi, que ce Maillard est entré par un bout et sorti par un autre, à travers le massif. Nous avons trouvé une voie d'accès...

– Grâce à qui ?

– Ah, la barbe. Grâce à toi, et maintenant ferme-la. Des voies d'accès, il y en a sans doute pas mal d'autres. Et tu veux que je te dise comment je vois la chose ? Le bonhomme arrive à moto depuis Valence, par Mende, après tout, ce n'est pas tellement loin, et il entre dans la montagne pour y retrouver, je ne sais pas, moi, des complices, des voleurs, des espions, des gens qui ont intérêt à se cacher... Et, alors, il se produit un événement...

– Quel événement ?

– Justement, c'est ça, le mystère. Mais il faut évacuer Maillard en vitesse. On le croit mort. On le porte dehors.

– Et pourquoi pas le déposer beaucoup plus loin, dans un endroit où on est sûr que personne ne viendra.

– Bon, d'accord, dit François, conciliant. J'essaye seulement de tracer les grandes lignes. Reconnais que mon idée de carte n'est pas mauvaise. Conclusion : on va envoyer une lettre anonyme à Marjolin.

Paul se redressa comme un ressort.

– Jamais de la vie ! Une lettre anonyme ! Tu es fou, ma parole.

– Mais si. Réfléchis. Avec des lettres qu'on découpera dans des magazines, dans des journaux. Juste un petit texte de rien du tout, pour lui indiquer l'emplacement du couloir secret. Tu penses bien qu'il y courra. Il trouvera la casquette et voilà... Nous, on n'aura rien à se reprocher.

– Parce que tu crois qu'on aura quelque chose à se reprocher si on ne dit rien ?

– Ah, toi, alors ! Quand tu ne veux pas comprendre... On « doit » parler, mon vieux.

Paul se renfrogna.

– Bon, bon... On doit parler. D'accord. Alors, j'ai une idée meilleure que la tienne. Une lettre anonyme, ça risque d'être jeté au panier. Tandis que si quelqu'un va trouver Marjojo pour lui dire qu'il y a un passage dans la montagne, tu piges la suite.

– Et ce quelqu'un, tu l'as sous la main ?

– Bien sûr... Bertrand Chazal. C'est le pompiste. Son frère tient la station-service de la place du Marché. C'est là qu'on se sert.

– Pourquoi lui ?

– Parce qu'il s'y connaît, en spéléo. Ça me revient, maintenant. On a parlé de lui, dans le journal... Il paraît qu'il a trouvé des trucs dans l'Hérault... Je n'aurai qu'à lui raconter qu'on a repéré par hasard une fissure, mais qu'on n'a pas osé s'aventurer loin parce qu'on n'est pas équipés pour... Lui, rraoum, la tête la première qu'il va s'y jeter.

– Et tu crois qu'il ne dira pas d'où il tient le renseignement ?

Paul tira son mouchoir et fit semblant de se tamponner les yeux.

– La grotte Loubeyre, pleurnicha-t-il d'un air comique, fini !... Ce sera la grotte Chazal. Nous, on ne comptera plus.

Il redevint grave.

– Ça m'embête, tu sais. On va lui apporter le tuyau comme sur un plateau et c'est lui qui ramassera les compliments.

– Peut-être, mais ça vaut mieux qu'une explication avec ton père.

Les deux garçons, pensivement, s'approchèrent

de la fenêtre et écartèrent le rideau. La pluie continuait de tomber, lourde, régulière.

– La pluie d'Espagne, murmura Paul. Quand ça commence, ça peut durer des jours. On pourra toujours aller au cinoche... Ou bien au *Bourgeois gentilhomme*. Tiens, c'est une idée.

– Chazal d'abord, trancha François. Moi, j'aime qu'on fasse les choses tout de suite.

– Eh bien, allons-y.

Bertrand Chazal était taillé comme un joueur de rugby. Il remplissait sa salopette à la faire craquer. Noir de poils, une chevelure frisée, des mains épaisses qui bourraient, avec une délicatesse de dentellière, une pipe au fourneau recuit, il écoutait Paul sans cesser de surveiller le mouvement de la rue. Patiemment, Paul lui expliquait les circonstances de la découverte, mais le pompiste ne paraissait pas très intéressé.

– Une fissure, je ne dis pas, observa-t-il enfin. De là à croire qu'il y a un réseau... Non, quand même... Nous ne sommes pas ici sur un terrain à crevasses. Moi qui suis un mordu de spéléo, j'ai déjà cherché. Pas la peine d'insister. Il faut aller dans l'Isère, ou en Haute-Garonne...

– Pourtant, insista Paul, je vous assure qu'il y a un couloir, et puis j'ai bien l'impression qu'il se prolonge.

– On a même entendu un bruit d'eau, un bruit de source, appuya François.

Chazal, une main en auvent, alluma sa pipe, la téta méditativement avant de répondre.

– Une source, sûrement pas. Ou alors, ça

m'étonnerait beaucoup. Poussez-vous, les gars.

Arrivait avec lenteur une Chevrolet au toit encombré de paquets. Déjà, Chazal empoignait le tuyau du distributeur.

– Les vacances, dit-il du coin de la bouche, ça va défiler. Allez m'attendre au bureau.

Il les y rejoignit quelques minutes plus tard.

– Voyons, mes petits gars, ça commence à me tarabuster, votre affaire. Vous m'avez bien affirmé que vous avez trouvé une crevasse à la hauteur du « Saut du Berger » ; c'est bien ça ?

– Exactement, fit Paul.

– Et que vous avez pénétré dans le rocher sur une certaine distance.

– Exactement.

– Et le passage se prolongeait, vous êtes sûrs ?

– Oh, absolument, s'écria François.

– Attention ! N'essayez pas de me faire marcher sous prétexte que je m'intéresse aux cavernes.

– Parole, jura Paul, gravement. Si on avait pu tout seuls, on ne serait pas venus.

Chazal s'assit sur le coin du bureau et vida sa pipe dans un cendrier qui représentait un pneu Dunlop en miniature. Puis il la rebourra sans cesser de considérer avec méfiance les deux garçons.

– Naturellement, reprit-il, vous vous êtes empressés de raconter votre histoire à vos copains.

– À personne, affirma Paul.

– Et pour une raison bien simple, poursuivit François. Nous nous demandons s'il n'y a pas un lien entre notre découverte et celle du blessé, vous savez, le journal en a parlé.

– Un lien ? s'écria le pompiste. Vous êtes de sacrés numéros tous les deux. Comment ? C'est à moi que vous venez raconter vos salades ? Vous n'avez pas pensé à vous adresser à la police ?

– Si, dit Paul. Mais on ne tient pas à ce que nos familles soient au courant.

– Ah ! Je vois.

Un coup d'avertisseur. Il y avait un break Peugeot devant les pompes.

– Bougez pas, dit Chazal. Je reviens. Vous m'avez l'air de sacrés farceurs.

Il sortit en ricanant.

– Eh bien, murmura François, toi qui disais : « Rraoum ! la tête la première qu'il va s'y jeter », c'est réussi. Tout juste s'il ne nous flanque pas dehors.

– Faut lui laisser le temps, répondit Paul.

Le pompiste revint, en s'ébrouant.

– Se tremper pour gagner quatre sous, grommela-t-il. Bon... Alors, vous voulez que j'aille donner un petit coup d'œil à votre souterrain ?

– Non, dit Paul, fermement. Nous voudrions qu'on y aille tous les trois.

– Vous vous imaginez qu'on va sous terre comme ça, les mains dans les poches.

Chazal prit à témoin un bonhomme Michelin qui, sur une affiche, poussait joyeusement un énorme pneu devant lui.

– Ces mômes d'aujourd'hui ! Hein ! Ça ne doute de rien.

Il les menaça du tuyau de sa pipe.

– Vous avez des casques, des torches puissantes, des chaussures solides, des sacs à dos, étanches de préférence, une pharmacie pour les soins d'urgence, un casse-croûte léger, une pelote de corde de nylon ?... Allez, répondez.

– Non, avoua Paul.

– Ah, dit Chazal, vous avez de la veine de tomber sur moi. Un autre vous enverrait sûrement promener... Et, bien entendu, vous voudriez aussi que je mette la clef sous la porte et qu'on coure tout de suite à votre soi-disant souterrain ? Alors là, mes petits gars, vous vous gourez, parce que j'ai autre chose à faire. Demain, je ne dis pas ; Robert pourra me remplacer. C'est mon frère.

Le visage de Paul s'éclaira.

– Vous êtes chouette, s'écria-t-il. Vous verrez. Vous ne regretterez pas... Nous, c'est juré, pas un mot à personne... Et pour la casquette, c'est vous qui déciderez.

– Quelle casquette ?

– Je vais vous expliquer, intervint François. Lui, il raconte comme un pied.

Et il fit un exposé très clair de leur trouvaille, de leurs hypothèses, de leurs scrupules. Cette fois, il était visible que Chazal était captivé.

– Pourquoi ne l'avez-vous pas emportée, cette casquette ? demanda-t-il.

– On n'a pas osé, dit Paul.

– La famille, toujours ! plaisanta Chazal. C'est vrai que je connais maître Loubeyre. Le fils du notaire embringué dans une aventure à dormir debout, on aime mieux ne pas y penser. Bon. Repassez demain après-midi.

Klaxon. Une camionnette.

– Oui, oui. Voilà... Alors, demain après-midi,

mettons trois heures. J'aurai le matériel. Vous en faites pas... Pour une première visite, on n'aura pas besoin de se charger... Mais vous savez, si vous m'avez dérangé pour rien, vous allez m'entendre.

Ils échangèrent de viriles poignées de mains, et Paul et François, s'abritant de l'averse en longeant les murs, regagnèrent la maison. Ils étaient cependant assez mouillés pour que la pauvre grand-mère s'alarmât.

– Courez vite vous changer. Mon dieu ! que vous êtes imprudents, tous les deux !

À midi, il y eut un coup de fil. Cette fois, c'était la mère de Paul qui venait aux nouvelles. Paul répondit, avec une évidente sincérité :

– Oui, on s'amuse bien. On se promène, surtout. François aime beaucoup Saint-Chély... Oh oui ! on aide grand-mère. En ce moment, on met la table et puis, après déjeuner, on ira sans doute voir *Le Bourgeois gentilhomme,* parce qu'il pleut... François dit que c'est la barbe... Quoi ?... Je ris parce qu'il me fait des grimaces... Ça va, ce congrès ?... Ah, vous vous ennuyez, sans nous. C'est bien fait. Nous, non. On se trouve très bien comme ça. Non, je ne suis pas méchant... Vous n'aviez qu'à nous emmener... Oui, je te passe Mémé... Nous aussi, on vous embrasse.

Il donna le combiné à sa grand-mère et rejoignit François.

– J'ai peut-être été un peu sec, dit-il. Non ? Pas trop ?... C'est vrai, aussi. Ils nous laissent tomber et, après, ils ont l'air de regretter qu'on rigole. Ce soir, si elle rappelle, je serai plus gentil. Je lui raconterai *Le Bourgeois...*

... Il n'y avait pas grand monde dans la salle des fêtes où se produisait la troupe du Petit Théâtre de la Lozère. Des écoliers. Des personnes âgées qui se rappelaient leurs classiques. Des curieux attirés par la publicité tapageuse faite autour du metteur en scène, qui, pouvait-on lire dans le journal, « *avait su rendre le souffle de la vie aux chefs-d'œuvre un peu poussiéreux du passé* ».

Monsieur Jourdain, à la vérité, ressemblait plus à un clown qu'à un bourgeois du XVIIe siècle. Il hurlait, se congestionnait de colère contre sa servante, dansait comme un ours, tombait sur le derrière quand son maître d'armes marchait sur lui, l'épée pointée, et, au moment de la leçon de danse, s'emmêlait grotesquement les jambes, à la grande joie des plus jeunes. Près de Paul, deux dames s'indignaient à mi-voix.

– Ils en font trop, murmurait l'une.

– C'est la nouvelle mode, disait l'autre. Et encore, avec Molière, ça peut passer. Quand ce sera le tour de Racine ! Pensez que, dans *Phèdre*, il y aura toutes sortes d'effets spéciaux.

– Oui. J'ai appris ça... Il paraît qu'au Puy, le public a manifesté... Surtout que le récit de Théramène... Nous savions toutes cela par cœur, de mon temps.

– Et moi, donc...

À peine nous sortions des portes de Trézène,
Il était sur son char...

– Parfaitement. Eh bien, ce passage est illustré par une pantomime.

– Pas possible ! Mon dieu, quelle époque !

Ce fut bientôt la cérémonie finale, l'apothéose

du Bourgeois sacré Mamamouchi, parmi des cris, des chants qui transformaient la scène en défilé de carnaval.

– Tu n'as pas l'air emballé, fit Paul.

– Acciam croc soller mousta fidelum amanahem, répondit François.

– Quoi ?

– C'est du turc. Tu n'as pas entendu ?

– Ne me dis pas que tu as retenu ce charabia.

– Pas difficile. Dès qu'on a un peu d'oreille.

Enthousiasmé, Paul, dès son retour à la maison, essaya la formule sur sa grand-mère.

– Vous êtes contents de votre après-midi ? demanda la vieille dame.

– Acciam croc soller.

– Mais qu'est-ce qu'il a encore inventé ?

– Mousta fidelum amanahem.

– Ne faites pas attention, dit François, il a sa crise.

Un goûter copieux calma l'agitation de Paul et François eut tout le loisir de parler de la représentation.

– Et toi, Mémé, qu'est-ce que tu as fait ? demanda Paul.

– Oh, moi, j'ai lu mon journal... Et puis j'ai bavardé avec Rita. Elle est bien gentille, mais elle me fait perdre mon temps. Elle sait tout, sur tout le monde. Ah, je n'ai pas besoin d'aller au théâtre. Quand vous êtes arrivés, elle était en train de me raconter que le pauvre homme qu'on a ramassé au « Saut du Berger »... Vous vous rappelez ?

Les deux garçons ne mangeaient plus, attendant la suite.

– Eh bien, il a repris connaissance.

– Et qu'est-ce qu'il a dit ? questionna François d'une voix blanche.

– Rien, justement. La sœur de Rita était là. Elle a tout vu. Brusquement, il s'est dressé sur son lit et il a tendu le bras comme s'il voulait écarter quelque chose d'effrayant. Et puis il a crié : « Non ! Non ! » Et après, il a reperdu connaissance. Alors chacun s'interroge. Avant d'être attaqué, il a certainement eu le temps de reconnaître son agresseur. Mais, puisque tout semble montrer qu'il s'est agi d'une simple rixe, pourquoi ce malheureux paraît-il terrorisé ? D'après la sœur de Rita, il avait une telle angoisse sur la figure que les assistants ont été épouvantés. Et même l'infirmière qui fait les piqûres a dit : « Il a vu la Mort. » Je ne sais pas pourquoi je vous raconte ça, mes pauvres petits. Allez ! Finissez vite vos tartines et allez jouer.

Il n'était pas question de jouer. Les deux complices avaient perdu tout entrain. « Il a vu la Mort », cette remarque de l'infirmière les troublait jusqu'au cœur. Surtout François, qu'une sourde angoisse ne cessait de tourmenter, dès qu'il s'accordait le temps de réfléchir un peu. Et cette fois, il n'avait plus la force de se taire.

– Je ne t'ai pas dit, commença-t-il. Le petit flic, tu sais, celui qui s'appelle Michel...

– Oui. Et alors ?

– Il furetait, autour de l'endroit où on avait relevé le corps et, à un moment, il a eu une drôle de réflexion. Je n'ai pas oublié. Il a dit : « À Orléans, au cirque des Frères Ancelin, il y a trois ans... l'accident du dompteur... d'un seul coup de patte, la poitrine ouverte... »

Paul le regardait sans comprendre.

– La poitrine ouverte, insista François, exactement comme cet Antoine Maillard, et note bien, ce type-là est un forain... et il a, lui aussi, la poitrine déchirée et, quand il rouvre les yeux, c'est pour repousser quelque chose qui le terrifie... Je sais. Ça ne signifie rien. Et pourtant, depuis l'autre jour, ça m'obsède. Je ne peux pas m'empêcher de penser que le pauvre type a rencontré une bête, dans le souterrain.

Paul, perdant toute assurance, murmura :

– Tu parles sérieusement ?

– Oui. Parce que ça expliquerait certains détails. D'abord, les blessures, et puis la panique du bonhomme... parce que, là, les gens ont raison. S'il s'était simplement battu, il ne serait pas terrorisé. Il faut qu'il y ait autre chose. Et nous savons qu'il y a autre chose... la casquette dans le souterrain... comme si une bête habitait là.

– Tais-toi, balbutia Paul. Tu me fiches la trouille.

Il serra peureusement les mains l'une contre l'autre, puis, machinalement, se mit dans la bouche une tablette de chewing-gum. Mais François n'avait pas fini.

– Ça explique sans expliquer, continua-t-il. Qu'est-ce que ce Maillard allait faire, sous la montagne ? Et comment en est-il sorti ? Et si une bête vivait là-dessous, de quoi se nourrirait-elle ? Il faudrait bien qu'elle chasse et elle aurait déjà été repérée. Tu vois, il y a autant de pour que de contre. Et même plus de contre, parce que cette idée d'un fauve en liberté, ça ne tient pas debout.

Paul réfléchissait durement, en poussant entre ses lèvres de grosses bulles blanches qui éclataient avec un bruit mou.

– Ce serait idéal pour un animal, dit-il. Ça fait une espèce de grand terrier. Mais pas un petit animal. Au moins un loup... Tu sais à quoi je pense ?... On aurait dû en dire plus à Chazal. Il faudrait qu'il emporte un fusil.

– Un fusil ! Tu dérailles. Déjà qu'il ne nous croit pas trop.

– Et si la bête nous saute dessus ?

– Et s'il n'y a pas de bête ?

Un silence. Et puis Paul, d'une voix timide :

– On pourrait peut-être ne pas y aller.

– De quoi on aura l'air, si on se dégonfle ?

– Écoute ! s'écria Paul, soudain hors de lui. C'est trop idiot, à la fin. On sait qu'il y a du danger et on y va quand même. Suppose que...

François se mit à rire.

– Toi aussi, observa-t-il, tu te lances dans les « supposons que ». Trop tard. On n'a plus le choix. On a promis. Mais nous serons trois, quand même. Nous ferons du bruit comme trois. Si une bête se cache dans un coin, elle nous entendra de loin et elle restera tranquille.

– Tu nous embarques dans une sale aventure, dit Paul, peu convaincu.

– C'est toi qui a commencé, protesta François.

Ils cessèrent de se parler jusqu'au soir, ruminant l'un et l'autre de sombres pensées. Pendant le dîner, Paul éternua à plusieurs reprises.

– Chiqué, murmura François, dans son assiette.

La pauvre grand-mère, tout de suite inquiète, leur conseilla de suspendre, pendant deux ou trois jours, leurs excursions. Paul, fuyant les regards de François, osa dire qu'il s'était peut-être enrhumé mais qu'une bonne nuit le rétablirait et, à peine la dernière bouchée avalée, disparut dans sa chambre.

François regarda pendant quelques instants la télévision puis souhaita le bonsoir à la vieille dame et se retira à son tour. Alors il prit une feuille de papier à lettre et écrivit en majuscules : MINABLE. Ensuite, sans bruit, il la glissa sous la porte de Paul, après avoir gratté pour attirer son attention.

Il n'eut pas à attendre longtemps. Le papier lui revint, portant, au crayon rouge : CRÂNEUR. Vite, la riposte : LÂCHEUR. Et deux minutes plus tard, la réplique : FIER À BRAS.

Hop, la contre-attaque : POLTRON. Et aussitôt la parade : MATTAMORE. Avec deux *t*. Décidément, l'orthographe n'était pas le fort de Paul. François poussa contre la serrure un rire insultant et alla se coucher. Le lendemain, le différend était oublié.

– Tu sais, dit François, on fera comme tu voudras. Je suis ton invité, mon vieux. Ce n'est pas à moi de te forcer.

– Bof, dit Paul. Il n'y a pas de bête. On s'est monté la tête. Moi, en tout cas, je suis partant.

– Moi aussi. Qu'est-ce que tu crois ?

C'est pourquoi, lorsque l'heure du rendez-vous

sonna, ils arrivèrent, d'un pas décidé, à la station-service. Chazal était prêt. Il était vêtu d'une tenue de toile verte comme un chasseur, et chaussé de solides brodequins. Il tâta les imperméables des deux garçons et trancha :

– Vous allez avoir chaud. Ce n'est pas très pratique pour explorer. Enfin, comme votre fameux souterrain ne doit pas être très long, ça ira. Allez, montez.

Il les poussa dans une vieille camionnette très sale où ils se serrèrent tous les trois. Chazal se pencha à la portière.

– Ho ! Robert ! Je serai de retour vers cinq heures.

Ils roulèrent en silence. Le temps était gris mais il ne pleuvait plus. Chazal fumait sa pipe. À mesure que l'auto se rapprochait du « Saut du Berger », François sentait que l'anxiété le reprenait. Il jeta un rapide coup d'œil à Paul, dont les mains se serraient nerveusement. Facile de comprendre que le moral était bas. Montant et descendant le long de la falaise, les choucas planaient en croassant.

– C'est ici, dit François. On voit le taillis qui masque l'entrée.

– Je connais pourtant bien le coin, grogna Chazal. Mais je n'aurais jamais eu l'idée de grimper là. C'est bien un truc de mômes.

Il rangea la camionnette à l'ombre, sortit un sac à dos d'où il tira une torche électrique et un rouleau de corde. Il tendit la torche à Paul.

– Marche devant, dégourdi. Et tâche de m'étonner.

Mais le plus surpris, ce fut lui, quand il découvrit les proportions de ce qu'il croyait être une anfractuosité sans profondeur. Paul éclairait le couloir et, comme la lampe était puissante, elle révélait des arrière-plans insoupçonnés qui augmentaient encore l'impression de mystère.

– Curieux, répétait inlassablement Chazal. Moi qui croyais bien connaître la région !

À plusieurs reprises, il consulta la boussole qu'il avait fixée à son poignet comme une montre-bracelet, et ensuite il se parlait à lui-même.

– Est... Sud-Est... C'est bizarre.

Ou bien, du plat de la main, il frappait sur le rocher, à petits coups, comme un maçon qui flatte un mur, et reprenait son monologue.

– Du granit ! Y a pas à tortiller, c'est du granit. Jamais rien vu de pareil.

De temps en temps, Paul se retournait.

– Ça vous épate, hein ?

– Ah ça, tu peux le dire.

Ils parvinrent à l'endroit où le boyau se divisait en deux branches.

– On a pris à droite, déclara François. Je m'en souviens parfaitement. On a hésité et puis on a continué par où c'était le plus facile.

Chazal prit la torche et se glissa en tête.

– Vous sentez le courant d'air ? demanda François. Ça prouve bien qu'il existe quelque part une autre issue.

– Ça ne prouve rien du tout, dit Chazal. Vous ne savez pas à quel point le monde souterrain est étrange. On entend des choses, on aperçoit des choses et ce n'est rien, finalement, que des illusions, parce qu'on a perdu ses repères. Vous comprenez ça, petits gars ?

François n'aimait pas ce ton protecteur.

– La casquette, répliqua-t-il, ce n'était pas une illusion.

Il eut envie d'ajouter :

– Parlez moins fort.

Non pas qu'il fût sensible à la majesté du lieu – ce n'était, en somme, qu'une espèce de cave prolongée – mais il était saisi par la force du dépaysement, et la présence de Chazal, si lourdement affirmée, lui semblait incongrue comme si elle avait bravé quelque mystérieux interdit. On ne devait plus être loin du carrefour. Si la Bête... mais non, il n'y avait pas de Bête... Cela, il fallait se le répéter. Il n'y a pas de Bête... pas de Bête.

Chazal fit courir la lumière de sa lampe sur les parois.

– Eh bien, dit-il, je crois que nous y sommes.

Les murailles s'étaient écartées, découvrant l'entrée, noyée d'ombre, des tunnels secondaires. Ils se tenaient tout près les uns des autres, au centre de la grotte, tandis que la lumière continuait à fouiller les reliefs, les creux, les renfoncements, les moindres aspérités du rocher.

– On devrait entendre la source, chuchota Paul.

– Il n'y a pas de source, dit Chazal qui, braquant sa lampe sur le sol, éclaira brutalement le terrain caillouteux.

– Et il n'y a pas non plus de casquette.

– C'est pas vrai, dit Paul. Donnez.

Il prit la torche et la promena autour de lui, puis prospecta de plus en plus loin. En vain.

– Eh bien ? interrogea Chazal, moqueur.

– Eh bien, rien. Pourtant on n'a pas rêvé, hein François ?

– Je suis absolument sûr que c'était une casquette, appuya François, pleine de sang... la visière était déchirée... Il y avait comme des caillots. Je m'en suis mis aux doigts.

– Petits farceurs, dit Chazal. Vous avez trouvé ça pour m'appâter. Bon, ça va. Vous m'avez eu. Je ne vous en veux pas. Ce que je viens de découvrir valait le déplacement. Mais vous êtes de sacrés menteurs.

– Je vous jure, monsieur, insista François.

– Bon, reprit Chazal, conciliant. Admettons... Vous avez vu, vous avez touché, vous avez entendu... du vent, de l'air, du rien. Après tout, ça peut arriver. Tout peut arriver quand on explore sous la terre, pour la première fois. On imagine...

– Écoutez, murmura Paul. La source.

Ils se turent. Non, ce n'était pas le sang dans les oreilles ; c'était un imperceptible goutte à goutte, tantôt légèrement plus marqué, tantôt presque évanoui.

– Là, tenez, soulignait Paul, un doigt levé.

Chazal éclata de rire.

– Ah, vous savez vous y prendre, dit-il. Pour un peu, je me figurerais, moi aussi, que j'entends.

– Je ne me trompe pas... Ça vient de par là.

– D'accord, allons voir. Il faut bien que je fasse votre éducation de spéléo.

La petite troupe s'engagea dans le couloir le plus éloigné.

– Une fois, racontait Chazal, qui semblait maintenant d'excellente humeur, on était descendus avec quelques amis dans un petit gouffre, près de Saint-Paul. Un berger, justement, qui l'avait indiqué. Ce sont très souvent les bergers qui remarquent les trous. Croiriez-vous qu'au fond on était sûrs d'entendre grogner, renifler, même qu'on s'est demandé s'il n'y avait pas un ours dans le coin. On a fouiné partout et vous savez ce qu'on a trouvé ? Un conduit à moitié bouché qui faisait syphon. C'était le bruit de l'air. Alors, vous voyez comme on peut se tromper.

Chazal s'arrêta et se tourna vers François.

– Note bien que ces galeries servent souvent de refuges ou de tanières à de petits animaux. Je ne parle pas des chauves-souris, c'en est plein, mais des renards, des blaireaux. Ce que tu as pris pour une casquette, c'était probablement un bout de chiffon transporté par un rongeur ; c'est la saison des nids en ce moment.

François n'avait pas envie de discuter. C'était une casquette pleine de sang. Inutile d'ergoter. Il avait vu ce qu'il avait vu, quoi ! Chazal repartit et éclaira quelques éboulis qui ralentirent leur marche. La galerie zigzaguait un peu et, sur un point, le garagiste avait eu raison. Il faisait chaud et de plus en plus humide.

– De l'eau, par ici, ça m'étonnerait, reprit Chazal. Ce n'est pas un terrain calcaire. Mais après tout je ne suis pas fort en géologie. Moi, c'est le sport qui m'intéresse. Attention à la crevasse... Eh si, pardi. Il y a de l'eau.

La crevasse avait les dimensions d'un petit bassin et retenait une eau dont la surface était plus transparente qu'une vitre. Paul y plongea un doigt, le retira précipitamment.

– C'est glacé, dit-il. Et c'est vachement profond.

Chazal, perplexe, méditait.

– Peut-être que je me goure, admit-il. Ouais ! Peut-être qu'il y a une source.

Il contourna l'obstacle en marchant en équilibre sur une margelle qui cernait la cuvette.

– Donnez-moi la main, les gars.

Il éclaira au-dessus de lui.

– Ça ne vient pas du plafond. Pourtant, cette eau vient bien de quelque part.

– Et le courant d'air aussi, dit François, sur un ton légèrement provoquant. Parce que, moi, je continue à sentir un courant d'air.

Chazal paraissait de plus en plus décontenancé.

– Bon fit-il. On continue. Qui est-ce qui aurait

pu s'imaginer qu'il existe à deux pas de Saint-Chély un pareil réseau !

François le retint par la manche.

– Écoutez.

– Quoi encore ?

– J'ai entendu quelque chose.

Ils se figèrent tous les trois. Rien.

– C'était comme une détonation, mais très loin.

– Oh, ça doit être un coup de mine du côté de Rimeize. Il y a des carrières, par là. Et le bruit voyage facilement à travers la roche.

L'explication était plutôt rassurante.

– On peut ressortir, proposa Chazal. Moi, je reviendrai seul. J'essayerai de faire le plan. Et puis j'explorerai les galeries voisines. Tout ça demande beaucoup de temps.

– Non, dit François. Pendant qu'on y est, allons jusqu'au bout. Ce couloir ne doit quand même pas se prolonger pendant des kilomètres.

Cependant, il s'allongeait d'une manière qui intriguait de plus en plus Chazal. En même temps, il présentait des difficultés qui commençaient à poser des problèmes : étroitures par où il fallait se glisser de biais, dénivellations brutales, tournants inattendus. Chazal s'arrêtait souvent pour souffler, repartait en soliloquant.

– Est-ce que nous sommes loin de l'entrée ? demanda Paul.

– Pas très, dit Chazal. Peut-être huit cents mètres.

– Pas plus ?

– C'est déjà beaucoup. C'est même assez exceptionnel. Surtout quand il s'agit d'un couloir aussi accessible. D'habitude, on est obligé de faire une gymnastique épuisante. Ici, non. Ça ne va pas tout seul, bien sûr, mais on n'est pas stoppés sans arrêt, comme c'est le cas, tenez, dans les Pyrénées. Ah ! je crois que j'ai parlé trop vite.

Chazal venait de buter sur un tas d'éboulis qui bouchait le passage. Derrière lui, les garçons se haussaient sur la pointe des pieds, se penchaient sur le côté pour apercevoir l'obstacle. C'était moins un mur qu'un cône de pierraille écroulée. La lampe projetait sa lumière sur l'entassement des blocs sans découvrir la moindre fissure.

– Eh bien, voilà, fit Chazal. Fin de l'expédition.

– Je sens toujours le courant d'air, dit François. Le couloir doit continuer de l'autre côté.

– Ah, celui-là ! grommela le garagiste. Quand il s'est fourré une idée dans la tête ! Essaye d'aller plus loin, puisque tu es si malin... Prends la lampe, allez, montre-nous par où tu comptes te faufiler.

François étudia le talus, en suivit le contour supérieur lentement, le feu de la torche interrogeant chaque fragment de roche.

– Là, murmura-t-il. Là, j'aperçois un espace entre le plafond et les pierres.

– Et tu penses qu'on est assez minces pour ramper par cette chatière ?

– Non. Mais on peut toujours regarder, et l'escalade n'est pas terrible. Donnez-moi la main.

Soutenu par Chazal, il prit pied sur l'entablement qui formait corniche au sommet de l'éboulement. Il devait s'y tenir accroupi, la tête touchant la voûte, et s'y mouvoir avec précaution, n'étant pas sûr de la solidité de ses points d'appui.

– Passez-moi la lampe.

À bout de bras, Chazal la lui tendit et il visa le trou par où l'on pouvait voir l'autre partie du couloir. Il risqua un œil par la meurtrière. Oui, le souterrain continuait, sur quelques mètres, et, au-delà, on devinait une faille profonde qui le coupait en deux.

– Alors ? fit Chazal. Tu es bien avancé ?

François courba la tête à hauteur de l'aisselle et parla sous son bras.

– Il y a une fracture et peut-être de l'eau, en bas. Écoutez.

Cette fois, le bruit d'un faible ruissellement était perceptible.

– J'éclaire au fond.

Il tâcha de dissiper, au moins par le ricochet des reflets sur la pierre, les ténèbres qui ensevelissaient les lointains du souterrain et soudain il sursauta. Quelque chose bougeait, à la limite de la pénombre et de l'obscurité. La Bête ! Cette idée lui sauta à l'esprit et fit trembler sa main. Là-bas, à l'endroit confus où le feu de la torche n'allumait plus que des lueurs, il croyait distinguer une silhouette basse, presque rampante.

– Eh bien, tu comptes camper, là-haut ?

– Chut !

Le cœur battant dans la gorge, Sans Atout épiait. À coup sûr, il y avait quelque chose, quelque chose de vivant. De l'ombre un peu moins noire que l'ombre. Il se pencha vers ses compagnons et chuchota :

– Ça remue, au fond... Ne faites pas de bruit.

– On peut voir ? dit Paul. Descends.

François, très ému, reprit pied au bas du talus

et Chazal aida Paul à gagner le créneau. À peine Paul fut-il posté qu'il poussa un cri étranglé.

– Ça approche, gémit-il.

– Mais quoi ? s'écria Chazal. Qu'est-ce que c'est que ce cinéma ?

– Je crois que ça a des cornes, balbutia Paul.

– Ils deviennent dingues, ces mômes, s'écria Chazal. Allez, descends de là en vitesse.

Il reçut Paul dans ses bras et entreprit d'escalader à son tour la muraille, entraînant la chute de plusieurs petits blocs.

– Comment c'est fait ? questionnait François.

– J'ai pas eu le temps. J'ai pas bien vu. Ça a une grosse tête.

Là-haut, Chazal s'agitait et jurait et poussait le cou dans l'ouverture, si bien que sa voix semblait venir de l'autre côté de l'obstacle.

– Vous rêvez, dites donc. Il y a bien un ruisseau et puis c'est tout.

– Je vous assure... dit François.

– Ouais ! C'est comme votre casquette.

– Moi, j'ai vu une espèce de tête velue avec des yeux brillants, dit Paul.

Chazal recula et prit pied dans le couloir.

– Bon, fit-il avec colère, une tête... des yeux brillants... Et puis quoi, encore ? Vous savez que je ne vais pas passer la journée à écouter vos sottises.

François leva la main et ils se tournèrent ensemble vers le mur. Ils perçurent comme un piétinement, ou était-ce un grattement, ou plutôt un grignotement ? C'était à la fois très net et pas localisable. Cela se déplaçait.

– Alors, chuchota François, vous êtes convaincu ?

– C'est tout près, fit Paul, d'une voix qui tremblait.

– Mais c'est qu'ils vous feraient prendre des vessies pour des lanternes, s'écria Chazal. Je vais t'en flanquer, moi, des cornes et une tête velue. Sans blague !

Il se hissa si rapidement sur l'épaulement que des pierres roulèrent depuis le sommet, dégageant la vue. Se servant de sa lumière rigidement braquée vers le sol en aval de l'obstacle, Chazal piocha dans la caillasse. Le buste à demi sorti, il haletait un peu.

– Rien du tout. J'en étais sûr. Ces gamins, ça ment comme ça respire.

– Pas étonnant, dit François. Avec le bruit que vous faites. La chose se cache.

– Eh bien, viens donc à côté de moi. Il y a de la place, maintenant. Allez, amène-toi. « Monsieur j'ordonne » va nous montrer comme il faut faire... Je te tiens. Grimpe.

François se tassa auprès de Chazal.

– Moi, dit-il, je ne toucherais plus à la lampe pendant un petit moment. Si c'est une bête, elle s'habituera à nous.

– Bien, m'sieur, ricana Chazal.

Ils évitèrent le plus petit mouvement, les yeux fixés sur la nappe de lumière qui tirait du sol inégal, à leurs pieds, çà et là, des miroitements pâles. Le souterrain était vide à perte de vue.

– Je peux venir, moi aussi ? gémit Paul.

– Chut. Reste tranquille.

De temps en temps, un petit caillou, déséquilibré, glissait sur la pente, en une longue course cascadante.

– À cinq heures, je dois remplacer mon frère, déclara Chazal. J'en ai assez de faire le guignol.

François lui empoigna le bras.

– Là-bas, souffla-t-il.

Qu'est-ce que c'était ?... Moins qu'une forme. Plus qu'une tache. Un peu de nuit qui bougeait, qui devenait vaguement une silhouette... aussi large que haute... qui ne ressemblait à rien... ni homme, ni bête... Une présence. Mais de qui ? de quoi ?...

– Vous voyez, dit François.

– Oui, admit Chazal. On dirait qu'il y a quelque chose.

Ils perçurent à la même seconde un bruit sec et des graviers roulèrent jusqu'à la faille, tombèrent dans le vide et s'engloutirent dans l'eau. François sentit que la silhouette s'était rapprochée. Impulsivement, il releva la torche pour lancer plus loin son faisceau. Le temps d'un éclair, quelque chose comme un visage grimaçant s'illumina pour s'effacer aussitôt. Chazal avait vu, lui aussi. Il s'empara de la lampe, essaya de sonder plus avant les ténèbres.

– Une figure, dit François.

– Plutôt une peinture, suggéra Chazal. Comme à Lascaux.

– Oui, mais ça remue.

– Mais non.

– Mais si.

– Quoi ! J'ai de bons yeux.

– Moi aussi. Paul, grimpe. Grouille.

Chazal protesta, mais François lui dit :

– On va se serrer. Ça ne durera pas longtemps.

Il empoigna son ami et le tassa contre lui.

– Tu m'étouffes. Hé, doucement. J'ai un caillou qui me rentre dans la joue.

– Chut. Boucle-la et regarde.

Le guet reprit. Chazal avait reposé sa torche sur le bord du parapet et le faisceau découpait dans la nuit un pinceau bleuté, bizarrement vide de poussières suspendues. On respirait au ralenti. Au bord du rêve. Puis, à nouveau, quelques graviers ricochèrent, comme arrachés subitement au sol par quelque ruade. Il n'y avait plus qu'eux qui vivaient, culbutant joyeusement et semblant se poursuivre. Ils terminèrent leur course dans le fossé. Le silence revint.

– Maintenant ! avertit François.

Et, comme à son commandement, la nuit se boursoufla en un point du couloir situé à gauche, le long du mur. Quelque chose s'apprêtait à sortir. Quelque chose qui se mettait à ressembler à un bras, ou à une patte. Et lentement, comme on devine la lune, les soirs de vent, à travers les nuages, une sorte de face diaphane s'esquissa.

– Les dents ! s'étouffa Paul. Les crocs !

– Un sanglier, dit François.

– Mais non, corrigea Chazal. C'est une espèce d'étoffe qui flotte dans le courant d'air.

– Vous rigolez, s'écria Paul. Je sais ce que j'ai vu.

– Ça suffit, décida Chazal. D'accord, il y a quelque chose. Mais comme on ne peut pas aller se rendre compte !...

Ils écarquillaient les yeux, tous les trois, s'attendant à voir surgir la forme mystérieuse. Allait-elle enfin prendre corps ? Et quel corps ? Animal ? Homme ? Ou être fantastique hantant la montagne depuis le temps des légendes ?

– Calmez-vous, les gars, recommanda Chazal. On ne risque rien.

Et pour le prouver, il choisit une pierre bien en main et l'expédia, sans grande force à cause du manque de recul, mais d'une manière suffisamment belliqueuse pour provoquer la colère de ce qui se cachait là-bas. La pierre franchit la tranchée et roula, rebondit, puis parut stoppée net, comme si elle venait d'être bloquée dans sa course. Aucun doute. On les observait. On réfléchissait. On n'avait sûrement pas de bonnes intentions.

– Monsieur, chuchota Paul. Monsieur... Peut-être que la Bête peut passer par d'autres couloirs.

– Peut-être, dit Chazal.

– Elle pourrait nous attaquer par derrière ?

Chazal donna un coup de coude à François.

– Fais-le taire, bougonna-t-il. Par derrière !... Il devient complètement idiot.

La lumière, soudain, perdit de son intensité, marqua une brève défaillance avant de retrouver son éclat.

– Elle ne va pas nous lâcher ? dit François.

– Non, affirma Chazal. Elle commence à s'épuiser. Il vaut mieux qu'on rentre. Après tout, on a vu ce qu'on voulait voir.

– On n'a rien vu, protesta François. Attendons encore un peu.

– Si ça te chante, ne te gêne pas. Moi, je m'en vais.

Et Chazal reprit sa torche pour éclairer sa descente.

– Allez, les gosses. On plie bagage.

À la fois déçus et soulagés, les deux garçons le rejoignirent au pied de l'escarpement. Ils allaient battre en retraite quand un cri sauvage retentit de l'autre côté de l'éboulement. Paul se mit à trembler. Le garagiste lui mit une main sur l'épaule.

– Du calme, dit-il à voix basse. Venez. On réfléchira dehors.

– Et s'il nous poursuit ?

– Qui ça, « il » ?... Ça n'existe pas, « il ». C'est le mal des souterrains qui commence à vous travailler... Passez devant, tous les deux. Je vous fiche mon billet que personne ne me sautera dessus.

Ils revinrent sur leurs pas, les sens en alerte. Quand ils parvinrent dans la grotte où s'amorçaient les couloirs secondaires, Chazal éclaira chaque entrée.

– Regardez. Ça se perd aussitôt. On aperçoit le fond. Et puis il y a autre chose... Observez le sol... Si un animal avait l'habitude de circuler par ici... un ou plusieurs, il faut tout envisager... eh bien, on repérerait des excréments, des débris de nourriture. Mais rien. C'est net comme la main.

– Tout à l'heure, dit François, ce n'était pas un cri d'animal ?

– Moi, répliqua Chazal, j'ai ma petite idée qui explique tout.

– Même la casquette pleine de sang ? objecta François.

– Oh toi, tu m'embêtes. Marche devant.

François reconnaissait facilement le chemin. Son pas s'affermissait ; il pouvait presser l'allure sans que cela ressemblât à une fuite. Oui, il avait eu peur et même terriblement peur. Et à mesure qu'il remontait vers l'air libre, il se sentait de plus en plus honteux, parce qu'il était incapable de répondre à cette question qui se posait sans cesse : « Qu'est-ce que c'était ? » La chose, là-bas, qu'est-ce que c'était ?... Et ses deux compagnons devaient éprouver le même trouble, car ils ne parlaient plus. On n'entendait que le frottement des semelles et le bruit saccadé des respirations. Des chauves-souris se détachèrent bientôt des parois. La lumière du jour était proche. Et soudain ce fut le ciel, le soleil, le monde des herbes, des arbres, de tout ce qui se voit, se touche, se nomme. François faillit tendre les bras, plein d'une émotion de gratitude.

– Ah ! Ce qu'on est bien... Je ne suis pas près de retourner là-dedans.

Chazal rangea son matériel dans la camionnette et bourra sa pipe.

– Qu'est-ce que vous comptez faire, maintenant ? lui demanda François.

– Moi ? fit le garagiste, très étonné. Mais rien. Ou plutôt quand j'aurai le temps, j'irai prospecter sur la montagne. Il y a probablement une fissure qui communique avec ces couloirs. Alors, vous comprenez, tous ces conduits, ça fonctionne comme des tuyaux d'orgue. Dès qu'il y a du vent...

– Moi, dit Paul, j'ai vu une espèce de tête, avec de gros yeux rouges.

– Ah, tu y tiens. Et tu vas raconter que tu as vu une tête qui se baladait ?

– Peut-être pas une tête, rectifia François, mais quand même une sorte de figure.

– Avec des dents blanches, pointues, ajouta Paul.

– Et puis, il y a eu les mouvements, les graviers qui sautaient partout, et le cri !

– Vous voulez que je vous dise, reprit Chazal. Nous avons eu tous les trois des hallucinations, voilà le vrai. Et ça, nous avons intérêt à le garder pour nous. Qui sait si nous n'avons pas respiré, sans nous en douter, des émanations qui vous droguent ? Dans les pays volcaniques, ça existe.

– Oui, reconnut François, en Grèce, autrefois, il y avait une bonne femme qui faisait des prédictions. Elle habitait dans une grotte. N'empêche qu'on ne peut pas laisser aller les choses. Il faudrait fouiller.

– Qui fouillera ? demanda ironiquement Chazal. Qui acceptera de se déranger quand on nous aura entendus parler de tête velue, de dents, de crocs, de cornes, de bruits bizarres... Voyons, mes petits gars, faut être sérieux. Moi, je veux bien vous être agréable. Et puis, quoi ! Moi aussi, j'ai été témoin de quelque chose. Mais n'allons pas le crier sur les toits. Laissez-moi ruminer tout ça tranquillement. Voulez-vous qu'on se rencontre demain ? Demain matin dix heures ? À ce moment-là, il n'y a pas trop de monde aux pompes. On verra ce qu'on peut faire.

6

Le lendemain, à dix heures, les deux garçons arrivaient au rendez-vous.

– C'est mon frère, que vous venez voir ? dit le garagiste. Il est avec Félix Barthélémy, l'adjoint au maire. Vous n'avez qu'à traverser la place. Vous les trouverez au Café de la Promenade.

– Barthélémy, expliqua Paul, c'est l'adjoint aux Beaux-Arts. C'est lui qui s'occupe des fêtes, de la Société de gymnastique, des concours de musique. Mon père le connaît bien. D'ailleurs, c'est pareil pour Chazal. Ils sont tous, ici, plus ou moins clients du notaire, forcément.

– Et il est bien, ce type-là ?

– Il a une quarantaine d'années. Il est très actif, dans le genre moderne. Le premier spectacle de stock-cars de la région, c'est lui, tu vois. Si Chazal lui a parlé de nous, ça va sûrement l'intéresser.

Le pompiste et l'adjoint étaient attablés au fond

de la salle. Chazal fit les présentations, d'un air ennuyé.

– Vous prenez quelque chose avec nous, proposa l'adjoint. Asseyez-vous... Ho, Marcel, deux jus de fruits pour ces messieurs (il baissa la voix). Bertrand m'a raconté. À mon avis, vous avez rêvé, tous les trois. Notez que je ne mets pas en doute votre bonne foi. Ces couloirs souterrains que vous avez découverts, ça, c'est du sérieux. C'est sûrement quelque chose d'exploitable. Je ne sais pas encore comment. Il faudra y penser. Mais le reste ! Ce pauvre Bertrand n'est même pas fichu de me faire un récit qui se tienne. L'un a vu ; l'autre a entendu. Quoi ? Mystère ! Une chose... Ou peut-être plusieurs... Une bête, peut-être pire... Et pas la moindre preuve. Oui, je sais, votre parole. Essayez de vous mettre à ma place. D'abord, je n'ai pas de quoi rédiger un rapport, puisque vos témoignages se contredisent. Mais si, ils se contredisent. Des dents, des cornes, des poils. Des yeux brillants. Un cri... Chacun de vous, en somme, a sa petite histoire à raconter, et ce n'est pas tout à fait celle du voisin. Bon, admettons que j'écrive un petit compte rendu. À qui le ferai-je lire ? Au maire ? Au capitaine de gendarmerie ? Au commissaire Marjolin ? Au rédacteur en chef du journal ?... Mes pauvres enfants, on me rira au nez. Voyons, vous, monsieur Loubeyre, imaginez que je m'adresse à un homme comme votre père, hein ?... Il m'enverrait promener. Et il n'aurait pas tort. Et allons plus loin, pendant que nous y sommes. Une supposition : l'histoire s'ébruite. Voulez-vous me dire de quoi nous aurons l'air ?... Moi, j'ai une fonction à défendre. Bertrand a une clientèle à conserver. Nous ne sommes plus des gosses. Si on se paye notre tête dans toute la ville, nous aurons bonne mine. À la vôtre.

Il trinqua avec les garçons. Chazal hochait la tête.

– Il a raison, dit-il. Et votre père m'en voudrait de vous avoir entraînés dans cette aventure. Déjà que je lui dois de l'argent !

– L'embêtant, soupira François, c'est qu'on n'a pas rêvé.

– Allons ! conclut l'adjoint. Amusez-vous. Oubliez tout ça. Et puis, dans quelques jours, vous verrez, vous serez les premiers à rire de votre équipée... Maintenant, pardonnez-moi, je dois filer. Si je n'avais à m'occuper que d'histoires de loups-garous, la vie serait belle.

– Je pars avec vous, dit Chazal. J'avais promis à ces gamins de prendre un avis autorisé. Eh bien, c'est fait. On tire un trait.

– Les vaches, murmura Paul, quand ils se furent éloignés, comment qu'ils nous laissent tomber !

C'était jour de marché. Des paysans, les uns portant encore la blouse et le chapeau rond, les autres vêtus de noir comme le dimanche, envahissaient peu à peu le café. Paul et François s'en allèrent, remâchant leur déception.

– Évidemment, observa François, Chazal a sûrement présenté les choses en ayant l'air, d'avance, de s'excuser. Ah ! Si seulement on n'était pas obligés de passer par lui ! Dommage qu'il y ait toujours la famille !

Ils flânèrent dans la rue principale, soudain désœuvrés et de méchante humeur.

– Je suis certain que c'était des cornes, dit Paul, parlant tout seul.

– Et moi, des dents, répondit François en écho.

Depuis la veille, ils luttaient contre l'obsession. Ils avaient très mal dormi. Ils n'osaient se confier leurs pensées, pris entre la tentation de crier la vérité et la volonté de se taire, de ne pas attirer sur eux l'attention. François s'arrêta devant le syndicat d'initiative qui offrait, en vitrine, des dépliants, des affiches, des cartes de la région.

– Tu vois, dit Paul, on devrait s'aérer un peu pour tâcher de ne plus penser à tout ça. Les jours passent et finalement tu n'auras connu que les bords du Chapouillet. Alors qu'il y a encore la vallée de la Truyère, celle du Triboulin, et le viaduc de la Crueize, et le col de Chantegrenouille.

François éclata de rire.

– Tu me fais marcher. Ça existe, des noms comme ça ?

– Bien sûr, fit Paul, vexé. Il n'y a rien de drôle. Et si l'on descendait jusqu'au parc du Gévaudan ?

François lui saisit le bras.

– Répète !

– Quoi ? Le col de Chantegrenouille ?

– Non. Après. Le parc de... de ?...

– Ah, du Gévaudan ? Sensass !... C'est sur la route de Marvejols. On prend le car.

– Mais le Gévaudan, tête de pioche, ça ne te

dit rien ?... Non ?... Et la Bête du Gévaudan, cela te dit quelque chose ?

– Quoi !... Tu crois que...

Ils restaient saisis, tous les deux, devant les itinéraires proposés sur des affichettes. *Le Plomb du Cantal par Saint-Flour... L'Aubrac par Chaudes-Aigues (visite du Château d'Alleuze)... La route des Crêtes par le Pas-de-l'Âne... Sauguez... Le barrage de Nanssac... Châteauneuf-de-Randon et les Monts du Langouyron...*

– Le pays de la Bête, murmura François.

Paul revint à lui le premier.

– C'est une légende, tu sais. Elle n'a peut-être jamais existé. Et, si elle a existé, elle est morte depuis longtemps.

– Mais... si elle avait eu des petits ? Pourquoi pas ?... Ah ! ce serait trop beau. Tu te rends compte ! Nous serions les premiers à donner l'alarme. Écoute, il doit bien y avoir, par ici, quelqu'un qui pourrait nous renseigner.

– Oui. Il y a mademoiselle Chasseneuil... Germaine Chasseneuil. Mon père l'a eue comme institutrice. Elle est très calée... Elle a même écrit une petite plaquette : *La Margeride... ses légendes... son histoire...*

– Elle habite ici ?

– Oui. Place de la Gare.

– On pourrait aller la voir ?

– Bien sûr. Quand je la rencontre, elle me demande toujours comment je travaille. Elle a dans les quatre-vingts ans mais toute sa tête. Chez elle, j'y suis allé une fois, avec mon père, pas plus tard que l'an dernier... Il voulait que je la connaisse.

– Oui, alors ?

– Eh bien, chez elle, c'est une espèce de musée. Il y a partout, sur les murs, des photos des curiosités de l'Auvergne... les monuments, évidemment, et les costumes régionaux, mais aussi les oiseaux, les serpents, les fleurs, toutes sortes de trucs, quoi. Et justement, elle voudrait qu'à sa mort ses collections reviennent à la ville. Mon père s'en occupe. On utiliserait une salle de la mairie. Tiens, au fait, Barthélémy doit être au courant.

– Laisse tomber. Je te parle de la Bête. Il faut absolument qu'on aille chez ta vieille institutrice. Le plus tôt possible. Pas question de lui raconter ce qu'on a fait. Moi, ce que je veux savoir, tout de suite, c'est si cette Bête a existé, quand, où, si on a des témoignages précis ; parce que, tu comprends, si on a cru les témoins, à l'époque, il n'y a pas de raison pour qu'on ne nous croie pas. Nous aussi, nous sommes des témoins. Après déjeuner, tu crois qu'on peut s'amener chez elle, comme ça, sans l'avoir prévenue ?

– Elle sera ravie, au contraire. Elle ne voit plus grand monde. Mais bon, elle nous renseigne. Et après ?

– Après... j'ai mon idée. Ça prend forme, tout doucement.

– Ah ! tu n'es pas sympa avec moi. Tu ne me dis jamais rien.

– Ce soir. Promis. Après la visite.

Ils furent très gais pendant le repas, et la bonne grand-mère s'en réjouit. Elle avait remarqué qu'ils semblaient préoccupés, tous les deux, et elle s'était imaginée que François s'ennuyait peut-être. Saint-Chély ne pouvait offrir que des promenades, ce qui risquait d'être vite monotone.

– Où irez-vous, cet après-midi ? demanda-t-elle.

– Chez mademoiselle Chasseneuil. Pavour ravegavardaver savon mavusavée. C'est du javanais, grand-mère. Tu veux qu'on t'apprenne ?

– Mon Dieu, s'écria-t-elle, qu'il est insupportable ! Il n'y a jamais de milieu, avec lui. Il boude ou il me fait tourner en bourrique.

– On va regarder ses collections, puisque tu veux savoir, dit Paul.

– Tâche d'être poli. Je vous le confie, François.

Mademoiselle Chasseneuil, dûment avertie, reçut ses deux visiteurs avec la plus grande gentillesse. Avant tout, elle eut à cœur de leur montrer ses richesses. Elle habitait une maison ancienne dans laquelle, vivant seule, elle se sentait un peu perdue. Huit grandes pièces à entretenir, car elle ne voulait pas se faire aider, et partout des vitrines, des tableaux, des photographies, le tout d'une propreté impeccable. Elle trottinait devant eux, se plaignant mais avec un naïf orgueil.

– C'est vrai que je me fatigue beaucoup, disait-elle. Enfin, tant qu'il me restera un peu de santé !...

Et ses yeux bleus pétillaient encore de jeunesse. Elle désignait des plantes.

– Je ne me soigne pas autrement. Nos anciens n'avaient pas besoin de pharmaciens.

Des photos de rapaces.

– Les chasseurs les ont presque tous tués et maintenant les mulots mangent nos récoltes.

Des reproductions de bijoux.

– Vous saviez qu'on trouve de l'or dans nos rivières ?

Elle était intarissable et François commençait à s'énerver. Il n'était pas venu pour le folklore. Mais le moyen d'interrompre la vieille demoiselle, qui parlait maintenant des méfaits commis par les Camisards et du passage sanglant de Mandrin à Langogne ! Son doigt suivait, sur une carte épinglée au mur, des itinéraires mystérieux, et voilà qu'elle commentait la campagne de Du Guesclin et les circonstances de sa mort devant les murailles de Châteauneuf-de-Randon. Parfois, Paul levait les yeux au ciel, en signe d'impuissance, mais quoi, il avait promis d'être poli. Ce fut François qui se risqua à interrompre le flux des commentaires quand leur groupe longea une petite bibliothèque aux rayons chargés de livres et de guides.

– J'aperçois, dit-il, un ouvrage sur la Margeride.

– Oh ! s'écria mademoiselle Chasseneuil, c'est de moi.

Elle avait rougi comme une fillette timide.

– Un travail bien modeste, poursuivit-elle.

– Je peux ? demanda François.

Et il sortit avec précaution le petit livre, le feuilleta et parcourut la table des matières.

– *La Bête du Gévaudan !* Elle a donc existé ?

– Si elle a existé ! s'écria la vieille demoiselle en joignant les mains. Rien de plus certain, hélas. C'est même l'épisode le plus tragique de notre

Histoire. Si cela vous intéresse, gardez ce livre et prenez encore celui-ci. Vous les lirez chez vous.

– Ça se passait quand ?

– Ça a commencé en 1765. On est renseigné d'une façon précise par *La Gazette de France, Le Courrier d'Avignon* et bien des mémoires de cette époque.

– Mais cette bête, c'était quoi, au juste ? Un loup ?

– Non. À vrai dire, on ne sait pas trop. D'après l'un, c'était un animal à la fois chien et hyène, qui aurait été amené en France par des pirates barbaresques. D'après un autre, un certain M. du Hamel, cité par *Le Courrier d'Avignon,* c'était une bête de la taille d'un veau, au corps rougeâtre, avec d'énormes griffes et d'énormes crocs, une raie noire sur le dos et puis avec des oreilles pointues, droites comme des cornes.

Paul jeta à François un regard craintif, et hocha la tête.

– On ne pouvait pas lui tirer dessus ? dit François.

– Vous oubliez que nos paysans n'avaient pas de fusils. Ils se contentaient d'emmancher un coutelas au bout d'un long bâton. Les mousquets étaient dans les châteaux, à la disposition des gardes-chasse et de leurs maîtres.

– Et il y a eu beaucoup de victimes ?

– Des dizaines et des dizaines. Dans toute la Margeride et au Nord, vers Langeac et au Sud, vers Mende. Et sans aller plus loin, à Saint-Chély même, un petit berger a été attaqué sur le plateau. Pour échapper à la bête, il a sauté du haut de la falaise. C'est ça, « le Saut du Berger ».

– Incroyable. Et où cette bête pouvait-elle se cacher ?

– Mais partout. Ce ne sont pas les endroits qui manquent. Notre Margeride est un pays de caches, de grottes, de retraites qui sont encore à peu près inaccessibles. Si vous allez, en vous promenant, du côté du Montgrand et du Montchauvet, vous découvrirez tout autour de vous le Vivarais, le Velay, les sources de la Loire – vous avez appris ça à l'école –, les Cévennes, et l'œil porte même par temps clair jusqu'à la Méditerranée. Partout, des montagnes et des vallées, en vagues serrées, comme un immense moutonnement de granit, de pierrailles, de pentes déboisées souvent par le feu. De grands espaces déserts. Peu de routes. Vous comprenez pourquoi, de tout temps, il y a eu, par ici, des brigands, des fuyards, des déserteurs, des camisards, des maquisards, des traqueurs et des traqués. Pensez aux Huguenots, aux dragons qui les massacraient. Oui, c'est un beau pays de violence et de sang. Alors, quel paradis pour un fauve.

Les deux garçons l'écoutaient, fascinés.

– Oh, il y a eu des battues, poursuivit la narratrice, et même de véritables opérations de police. On a tué des loups, car il y a eu des loups en Auvergne jusqu'au siècle dernier et je ne jurerais pas qu'il n'y en a plus. Je lis, quelquefois, dans le journal que des moutons ont été égorgés. Mais la bête n'était pas un loup.

– On dit : la Bête, remarqua François. Il n'y en avait peut-être pas qu'une ?

– Comment savoir ? Tant de bruits ont couru ! La superstition s'en est mêlée. On a prêté à l'animal des pouvoirs fantastiques. Il passait pour doué d'ubiquité.

– C'est quoi, ubiquité ? questionna Paul.

– Eh bien, dit sentencieusement la vieille institutrice, c'est la propriété d'apparaître en plusieurs endroits à la fois. Naturellement, tout ça, c'est pure imagination. Ce qui est certain c'est que le même jour et presque à la même heure, on a signalé des attaques meurtrières.

– La Bête dévorait ses victimes ? dit Paul.

– Quelquefois, quand on lui en laissait le temps. Mais souvent, elle était obligée de se sauver. Les malheureux qu'elle abandonnait portaient en général des blessures horribles. Elle leur ouvrait le ventre, leur brisait la tête. Ne parlons plus de la Bête. La bête, c'est moi. Je suis en train de vous faire peur.

– Oh non, protesta François. C'est passionnant, au contraire. Et j'adore les mystères.

– Celui-là, dit la vieille demoiselle, ne sera jamais éclairci. En définitive, une bête ? Plusieurs bêtes ? Ou autre chose encore. Mais quoi ?

– Et à votre avis, dit François, est-ce qu'elle aurait pu se reproduire ?

Mademoiselle Chasseneuil ne put s'empêcher de sourire.

– Quelle étrange question, mon cher enfant. Bien sûr. J'ai toujours cru – mais ça, c'est ma seule opinion – qu'à un moment donné, il y a eu toute une portée de bêtes, ce qui expliquerait qu'elles allaient chercher leurs proies dans un vaste rayon. Ce qui expliquerait aussi qu'elles n'avaient pas toujours le même aspect. On avait affaire tantôt à un mâle, tantôt à une femelle. Et puis la bande, reculant peu à peu devant les chasseurs, a fini par quitter le pays. Si vous regardez une carte, vous verrez qu'un animal capable de courir toute une nuit peut très bien s'enfuir par le Nord de l'Auvergne, les forêts de Sologne, les Vosges, la Forêt Noire, jusqu'en Roumanie où l'on retrouve les curieuses légendes des Vampires.

– Sans être jamais repéré ? fit Paul.

– Justement. En restant toujours plus ou moins à couvert. Et même encore aujourd'hui il y a assez de forêts en Europe pour qu'une bête intelligente puisse circuler d'un bout à l'autre du continent à l'insu de tous.

– Si bien, conclut François, que la Bête du Gévaudan, après avoir abandonné le Gévaudan, pourrait y revenir pour y vivre en douce, prudemment, en se contentant de faire disparaître, de loin en loin, un isolé, un égaré ou un évadé, ou quelqu'un dans ce genre-là.

– Vous êtes un garçon plein d'imagination, dit mademoiselle Chasseneuil avec malice. Vous me prêtez des idées qui ne m'ont jamais effleurée. Mais je ne veux pas vous garder plus longtemps. Et vous m'avez poussée sur un sujet que je n'aime pas beaucoup. Dieu merci, le Gévaudan est devenu un canton accueillant aux touristes.

François faillit lui répondre qu'il y avait, en ce moment, à l'hôpital, un homme qui avait sans doute été attaqué par la Bête, mais il jugea préférable de se taire. Il se sentait emporté sur la pente des hypothèses et un peu étourdi par tout ce qu'il entrevoyait soudain. Il hésitait même à s'en ouvrir à Paul.

– Eh bien, dit celui-ci lorsqu'ils se retrouvèrent dans la rue, il ne faudrait pas trop compter sur elle pour vous remonter le moral. Elle y croit, à cette saloperie de Bête. Tout ce qu'elle nous a raconté... le corps rougeâtre... les griffes... les crocs... et puis les oreilles pointues... Moi, j'ai cru voir des cornes, mais c'était peut-être bien des oreilles.

– Et surtout les blessures, ajouta François. Le ventre, la tête. Tout concorde. Tout sauf un détail, et pas petit.

– Quoi ?

– Le cri. Entrons dans le parc, tiens. J'aperçois un banc, près des cygnes. Ça repose de voir de l'eau, de braves vieux poissons rouges, des saules et des moineaux dans les allées. Je ne sais pas si tu es comme moi. J'ai l'impression d'avoir rêvé et, en même temps, j'ai toujours le cri dans les oreilles. Et là, tiens-toi bien, je mettrais ma main au feu que ce n'était pas un cri de bête.

– De quoi, alors ?

– C'était quelqu'un.

– Tu veux dire ?

– Oui. Quelqu'un, un homme, une personne... Rappelle-toi. Tu peux ?

– Je veux, oui. Ça commençait comme ça. Paul émit une sorte d'appel aigu, et une jeune femme qui poussait un landau se retourna.

– Pas si fort, dit François. Je n'aime pas qu'on

se fasse remarquer. Mais d'accord ; ça commençait bien comme ça... Et puis, après, ça devenait grave, comme ça.

Il essaya, à son tour, de trouver le ton juste et fit entendre un couac si ahurissant qu'ils éclatèrent de rire.

– Minable ! s'écria Paul. Tu n'es pas doué. Tu permets ?

Il repartit de l'aigu et, descendant la gamme, chercha, sans y parvenir, l'inflexion exacte.

– Mais non, corrigea François, c'est du chant, ça. C'était beaucoup plus rapide.

Il s'arracha une sorte de brève clameur enrouée qui le fit tousser et, pendant une minute, ils s'esclaffèrent à s'étouffer.

– Si la Bête t'entendait, hoquetait Paul, comment qu'elle se taillerait !

– Non, arrête, dit François, reprenant peu à peu son sérieux. Quand je pense que nous sommes là à rigoler, comme deux cloches, pendant que le pauvre type, à la clinique, essaye de refaire surface. Blague à part, c'était une voix humaine. Il y avait la Bête et puis il y avait quelqu'un qui la rappelait. Comme on rappelle un chien. À cause de l'écho, la voix a pris des proportions et des sonorités inattendues, mais maintenant, avec le recul, oui c'était bien un appel.

– Si tu as raison, murmura Paul, c'est terrible.

François se leva, s'approcha de la pièce d'eau où un cygne barbotait du bec parmi les nénuphars. Puis il revint s'asseoir près de son ami.

– L'idée qui m'est venue tout à l'heure, elle

paraît folle, mais tout est si fou dans cette histoire de Gévaudan... C'est qu'une bête, même la plus horrible, peut toujours s'apprivoiser. On a bien vu des plongeurs jouer avec des pieuvres, des murènes, et même des requins. Suppose que...

– Ça y est. Ça recommence.

– Quoi ?

– La douce manie des suppositions. Bon. Supposons. Supposons. Alors ?

François haussa les épaules.

– Suppose que la Bête obéisse à un maître. Ça fiche peut-être le frisson, mais ça nous sort de la légende, de tout ce qui est poisseux et paralysant dans ces contes à dormir debout. Et moi, je n'aime pas être paralysé. Ça m'arrange de croire qu'il y a la Bête et puis quelqu'un derrière. Pourquoi ? Je l'ignore, évidemment. Mais ça me permet de me délivrer de toute cette superstition d'autrefois. S'il y a quelqu'un, c'est pour quelque chose. Tu sais ?... La Bête toute seule, c'est fantastique. La Bête avec quelqu'un, ça doit avoir un sens. Tout ce que je raconte là, c'est loin d'être clair dans ma tête. Mais ça nous évite de rester là, les bras ballants, comme deux imbéciles.

Paul ne semblait pas du tout convaincu.

– C'est de la théorie, dit-il. Curieux, Sans A, comme tu aimes les théories ! Moi qui ne suis pas très malin, tout ce que je vois, c'est qu'on ne réussira pas à décider quelqu'un ayant de l'autorité à visiter à fond ces galeries, c'est comme si on n'avait jamais rien vu, rien entendu.

François réfléchissait, en jouant avec les graviers du bord de l'allée. Il en jetait un de temps en temps dans l'eau, et le cygne, attiré par le bruit, allongeait vers le petit remous son long cou de serpent. Puis François regarda à droite et à gauche, comme s'il se méfiait des passants.

– On peut avoir une preuve, reprit-il.

– Ça m'étonnerait.

– Mais si. Qu'est-ce qu'on veut établir ? Qu'il y a sous la falaise un animal inconnu. Ça, c'est la première chose. Et ça, on peut le prouver. On va acheter une tête de mouton, ou une tête de veau, quelque chose d'important, et on va la déposer à l'entrée du souterrain. La Bête viendra la dévorer et alors, quand on ne retrouvera plus que des débris d'os, il faudra bien se rendre à l'évidence. Surtout que l'expérience pourra être renouvelée. Non ? Tu ne crois pas ?

– Heu... Oui, peut-être... Mais qui fera la constatation ?

– Chazal. Pour commencer. On gardera pour nous nos suppositions. On le mettra simplement devant le fait. Il y a une Bête. Une Bête qui est un danger. Donc, il faut agir.

– Et si ta tête de veau n'est pas bouffée ?

– Eh bien, tant pis pour nous. Le mystère ne sera jamais éclairci. Dommage !

Les deux garçons rentrèrent de bonne heure et firent une partie de dames, machinalement, leurs pensées voyageant loin du jeu.

– Tu me prends, disait François, deux pions, non, trois.

– Applique-toi, mon vieux, protestait Paul.

– Je m'applique. Tiens, hop, hop, et je vais à dame... Elle a bien parlé de griffes et de crocs, mais pas de cornes.

– Si.

– Non. Des oreilles pointues. Pas des cornes. Tu as cru voir des cornes, mais c'était des oreilles.

– Peut-être. Qu'est-ce que ça change ?

– Tout.

François aimait taquiner Paul, qui acceptait aveuglément tout ce que son ami affirmait. À peine s'il résistait un peu, pour l'honneur.

– Tout quoi ? dit-il.

– Eh bien, des griffes et des cornes, ça ne va pas ensemble. Ou bien on aurait affaire à un monstre.

– Mais justement ! Moi, je prétends que c'était un monstre.

François repoussa le damier avec irritation.

– Bon, grogna-t-il. C'était un monstre. C'était un taureau. C'était le Minotaure...

« Son front large est armé de cornes menaçantes
Tout son corps est couvert d'écailles jaunissantes
Indomptable taureau, dragon impétueux
Sa croupe... ta ta ta... ta ta ta... ta ta ta...
Ses longs mugissements... »

Et puis je ne me rappelle plus le reste.

– Qu'est-ce que c'est ?

– *Phèdre,* Racine... Acte V... Un truc délirant. Mais pas plus délirant que toi.

– Oh, ça va. D'accord. Je suis nul. Tout le monde ne peut pas être Sans Atout.

François lui envoya une bourrade et ramena entre eux le damier.

– Fais pas attention, dit-il. Je suis un affreux pédant, tout le monde le sait. N'empêche... Ça me fait penser qu'on a oublié de remercier ta vieille institutrice. C'est quand elle a parlé des vampires. Ça m'a fait perdre les pédales... C'est vrai qu'il peut y avoir des bêtes qui circulent secrètement dans toute l'Europe. Alors là, j'ai eu l'idée. Je la rumine depuis qu'on est de retour.

D'un geste tranchant, il balaya les pièces du damier, se leva et se mit à marcher à travers la chambre.

– Première hypothèse, annonça-t-il. La Bête du

Gévaudan a quitté l'Auvergne, autrefois, et maintenant un de ses arrière-arrière-petits y revient ; pourquoi pas ? Les saumons sont bien capables de traverser la mer pour se reproduire là où ils sont nés. Naturellement, ça ne tient pas debout. J'élimine. Deuxième hypothèse : il n'y a plus de Bête du Gévaudan. Mais on peut imaginer que quelqu'un a eu l'idée d'introduire ici un animal plus ou moins exotique pour enrichir la faune en voie de disparition. Et puis cet animal se révèle plus dangereux que prévu. Il a déjà attaqué le forain... Peut-être d'autres... Alors notre homme se terre... attend la suite.

– On élimine, dit Paul.

– Hé, pas si vite. J'ai lu qu'on avait l'intention de réintroduire le lynx dans la région des Ardennes, par exemple.

– Mais un lynx – je n'en sais rien, remarque, je n'en ai jamais vu –, je crois quand même qu'un lynx ne causerait pas de telles blessures.

– Mettons ! Ça m'est égal parce que j'ai une troisième hypothèse.

– Tu n'étais pas comme ça l'année dernière, dit Paul. C'est vrai que tu tournes au pion... C'est quoi, ta troisième hypothèse ?

– Quelqu'un élève clandestinement un fauve, ou une famille de fauves, pour la fourrure... On élève bien des visons... Alors pourquoi pas d'autres bêtes ? Peut-être que la Margeride ressemble à certaines régions d'Amérique, pour le climat, la végétation. Si tu préfères, quelqu'un essaye et son expérience est en train d'échouer parce que la bête en question lui échappe plus ou moins.

Paul fit une moue dégoûtée.

– Ouais, admit-il. Ça se défend... Voyons la quatrième hypothèse.

François se laissa choir comiquement sur le fauteuil, bras ballants.

– C'est tout, murmura-t-il, en simulant un complet épuisement.

Il s'éventa, avec un vieux numéro de *L'Équipe*.

– Passe-moi ton grand *Larousse*, reprit-il. La planche des animaux pourrait peut-être nous renseigner.

L'un près de l'autre, ils feuilletèrent le dictionnaire, étudièrent d'abord l'article : *Lynx*. Ils apprirent que les lynx sont de redoutables combattants. Détail caractéristique : la touffe de poils au bout des oreilles.

– Ah, dit Paul, j'ai ton affaire : *l'Ocelot*. Je lis : *Ils sont apprivoisables, mais tous restent dangereux*. Malheureusement, ils ne vivent qu'en Amérique du Sud. Et puis, ce qu'on a vu est beaucoup plus gros. Autrement, ça irait assez bien, à cause de la fourrure.

– Non, dit François. J'en reviens à ma première impression. Je revois nettement cette espèce d'affreuse gueule. C'était comme un masque, avec des crocs recourbés comme en ont les sangliers, des yeux rouges. Mais aucun animal, ici, ne correspond à ce signalement. Pas l'ours. Pas le coyote. Il y a bien le loup à crinière, mais il habite dans la cordillère des Andes... Non, décidément, c'est à se demander si Chazal n'a pas raison et si on n'a pas tout inventé.

– Sauf le cri ! Et puis il y a encore autre chose. Ça aussi, c'est une impression. Mais je ne sais pas si tu l'as remarqué. Quand Barthélémy nous a fait comprendre qu'il n'avait pas le temps de nous écouter, Chazal a paru soulagé, comme s'il cessait d'avoir peur.

– Juste, approuva François. Ça me revient, à moi aussi. Il a essayé de trouver des explications naturelles, pour faire bonne figure, mais je crois qu'il ne tient pas du tout à remettre les pieds là-bas.

François ferma résolument le dictionnaire en déclarant :

– Tant pis pour Chazal. Exécution !

– Quand ?

– Demain. Ça coûte cher, une tête de veau ?

– Aucune idée. Il faut demander à grand-mère.

... La vieille dame, consultée, leva les bras au ciel.

– Mais je n'ai pas l'intention de vous servir de la tête de veau, s'écria-t-elle.

– C'est seulement pour savoir, grand-mère. Quarante francs ? Cinquante francs ?

– On voit bien que tu ne fais pas le marché !

Les deux garçons firent grise mine. Cette dépense imprévue allait mettre à mal leurs finances.

– Moi, je suis un vrai panier percé, avoua Paul. Mon père me donne un peu d'argent de poche au compte-gouttes. Je ne sais pas comment je me débrouille ; je suis toujours à sec. Tiens, voilà ce qui me reste... quarante-cinq, non quarante-sept francs...

– Et moi, c'est pareil, dit François. Mon père est plutôt généreux, mais j'achète des disques, des bouquins. Je dispose de combien ?... Voyons ! Quatre-vingts francs ! C'est tout de même trop bête de gaspiller tant d'argent pour des prunes !

Ils se consultèrent une fois de plus, sentant fortement qu'ils allaient faire une bêtise. Mais si la... chose qui se cachait là-bas blessait encore quelqu'un ?... Non, ils ne cédaient nullement à la curiosité. Ils devaient absolument donner l'alerte.

– On a encore le temps de parler à Chazal avant le dîner, dit François. Dépêchons.

Chazal achevait de servir un client. Il regarda s'éloigner la Citroën et maugréa :

– Encore un 75. Ça leur ferait mal de lâcher un pourboire ! Quel métier ! Ah vous voilà, vous. Vous n'allez pas recommencer avec votre histoire de fous.

Il raccrocha son tuyau, se gratta la tête et se dirigea vers le bureau.

– Venez par ici, mes petits gars. Finissons-en... Ma pipe... Où l'a-t-on encore fourrée ? C'est un monde ! Ah, la voilà... J'ai parlé avec Pélisson , pas plus tard que tout à l'heure... Pélisson, c'est le secrétaire du commissaire. On ne peut pas trouver mieux, hein ?... Eh bien, je lui ai raconté tout, le souterrain, les bruits bizarres... Ce que j'avais aperçu...

– Oui, et alors ?

– Alors, il a rigolé. Voilà. Il m'a dit, textuel :

« Vous deviez avoir un sérieux coup dans l'aile »... C'est vrai que, de temps en temps, je force un peu sur la bouteille, mais attendez... Vous n'avez pas entendu le plus beau. Il a ajouté : « Vous devriez consulter un médecin. Quand on commence à voir des bêtes qui courent au plafond, ça prouve qu'on est mûr pour la désintoxication »... Ça fait plaisir, hein ! Et tout ça à cause de vous !

– Comment ! se rebiffa François.

– Dame ! Si j'avais dit que vous étiez avec moi, il m'aurait cru, enfin peut-être. Mais vous ne voulez pas qu'on parle de vous. Et moi tout seul... Voilà ce qui arrive. Aussi, c'est bien fini. Je ne tiens pas à être pris pour un alcoolique.

– Pourtant... les galeries.

– Ah, ah, ricana Chazal. Vous pensez bien que je n'ai pas oublié les galeries. Parce que ça, c'est du vrai... Il m'a répondu : « Je connais. C'est l'ancienne champignonnière à Jousseaume. Il y faisait, avant la guerre, du champignon de Paris. » Qu'est-ce que vous voulez répliquer ? Et notez bien, moi aussi, je la connais, cette ancienne champignonnière. Mais elle est située beaucoup plus loin, de l'autre côté du plateau.

– Si je comprends bien, dit Paul, inutile d'insister. On nous prendra toujours pour des menteurs.

– Exactement. Et maintenant, on va se méfier. Si nous allons trouver d'autres personnes, on apprendra vite que Barthélémy et puis Pélisson nous ont déjà envoyés promener. Aussi, moi, maintenant, je me mets un cadenas. Plus un mot.

– Pourtant, dit François, nous pouvons prouver que nous n'avons pas menti.

– Eh bien, prouvez-le, mes petits gars. Mais tout seuls. Moi, je ne suis plus dans le coup.

– Explique-lui, murmura Paul.

Et François exposa leur projet, froidement, méthodiquement, comme s'il s'agissait d'une expérience de physique.

– De deux choses l'une, conclut-il. Ou bien la viande n'est pas touchée, et c'est qu'il n'y a pas de bête. Ou bien elle est dévorée et c'est que la bête existe.

– Ah ! vous alors, s'égaya Chazal. Vous êtes de drôles de pistolets. Écoutez-moi ça : « De deux choses l'une »... Mais, monsieur le Professeur, je m'excuse. Votre « de deux choses l'une » ne tient pas debout. C'est plein de rongeurs, dans le coin. Bien sûr que votre bidoche sera mangée et vous ne saurez jamais par qui.

– Pardon, objecta résolument François, si les os sont broyés, on sera bien sûr que ce n'est pas un simple rongeur qui est passé par là.

Chazal vida sa pipe sur son talon et regarda curieusement les deux complices.

– C'est sérieux ? Vous allez faire ça bientôt ?

– Après-demain. On appâtera demain après-midi et on ira se rendre compte vingt-quatre heures après. Ça devrait suffire.

Chazal réfléchissait, tout en dénouant le cordon de sa blague à tabac.

– Moi, dit-il, à votre place, je resterais tranquille. Mais allez-y, puisque vous y tenez.

– Et si ça marche ?

– On verra. Et puis...

Un coup de klaxon l'interrompit.

– Filez ! dit-il. Je travaille, moi.

– Il n'y a plus qu'à dénicher une boucherie, décida François.

– Chez Combreaux, dit Paul. Il ne me connaît pas.

L'heure du dîner approchait. Ils revinrent à la maison, saluèrent le premier clerc qui partait, son attaché-case à la main. Il leur venait un grand désir d'être de très charmants jeunes gens, maintenant que la proximité d'une action dangereuse commençait à les enfiévrer sourdement. Ils mirent la table avec un empressement qui fit sourire grand-maman.

– Vous êtes-vous bien amusés ?

– On s'amuse toujours bien, Mémé.

– Avez-vous faim ?

– Une faim de loup, faillit dire François. Il retint le mot sur ses lèvres.

– J'ai préparé pour vous des soles à la crème.

François lança à Paul un regard désespéré.

– Vous aimez les soles à la crème ? continua la vieille dame.

– Et comment, qu'il les aime ! dit Paul, tout en écartant les bras en signe d'impuissance.

Et François, le visage crispé, bouchée après bouchée, avala bravement son poisson, étouffant des velléités de nausées en pensant à leur prochain triomphe, car la bête ne flairerait sûrement pas le piège. La sonnerie du téléphone mit fin à son épreuve. Il se leva vivement.

– C'est maman. Excusez-moi.

Ce n'était pas maman. C'était papa.

– Alors ? demanda l'avocat. Ce séjour se passe-t-il agréablement ?

– Oui. Je découvre un pays passionnant.

– Ah ! tu vois.

– Le temps est assez beau. Je me documente.

– Sur quoi ?

– Bof... Un peu sur tout... les Camisards, la bande à Mandrin.

– Tu n'es pas là pour travailler, tu sais. Repose-toi. Promène-toi. Nous comptons rentrer la semaine prochaine.

L'esprit traversé d'une idée subite, François reprit précipitamment :

– Est-ce qu'il existe ici un service qui s'occupe des Eaux-et-Forêts, de l'écologie, des choses de la nature ?

L'avocat se mit à rire.

– Je me doutais bien, dit-il, que Sans Atout allait reparaître. Il ne peut pas prendre des vacances comme tout le monde. Et qu'est-ce qu'il mijote ?

– Oh rien. C'est juste pour un renseignement.

– Eh bien, oui. Il y a certainement un service concerné, à la Préfecture de Mende.

– La pêche, la chasse, ça relève de lui ?

– Sans doute. Mais tu n'as pas l'intention de braconner, j'imagine ? Allez, bonsoir. Ta maman est un peu fatiguée. Elle te parlera demain. Et n'oublie pas de saluer pour moi madame Loubeyre.

François se garda bien de parler à Paul de son idée. Mais il la peaufina longuement avant de s'endormir. Puisqu'on ne pouvait plus compter sur le pompiste, puisque tout Saint-Chély se moquerait d'eux s'ils essayaient de mettre dans la confidence le journal ou la police, restait l'arme suprême : la lettre expédiée à un service officiel, sous un faux nom, et précisant, croquis à l'appui, l'emplacement des couloirs souterrains. Nul besoin de mentionner l'existence d'un animal mystérieux, puisque c'était cela qui provoquait l'incrédulité. Au contraire, souligner l'intérêt scientifique de la découverte. Bien entendu, faire le rapprochement avec Lascaux. Bref, piquer la curiosité, ce qui déciderait peut-être l'Administration à envoyer une équipe sur les lieux. Et si la bête leur sautait dessus ?... Mais la façon dont elle allait manger l'appât serait une indication. Et puis, on verrait bien. Et Sans Atout s'endormit.

... Mais, à son lever, il avait encore l'esprit en ébullition. Sapristi, avant de mettre au point la lettre qui déclencherait des recherches, avant même de disposer, à l'entrée des souterrains, la nourriture qui exciterait la gourmandise du fauve, il fallait recueillir les impressions du blessé. Il devait être sorti de son coma. Et qui pouvait mieux l'interroger que les deux garçons grâce à qui il avait eu la vie sauve ? On l'approcherait facilement. On lui apporterait des fleurs. On promettrait à l'infirmière de ne pas rester longtemps. Et on lui demanderait en vitesse : la Bête ? Comment est-elle faite ? Alors, de deux choses l'une (oui, Chazal n'était qu'un imbécile qui n'entendait rien aux subtilités de la logique), ou bien l'homme lâcherait quelque renseignement capital, ou bien il refuserait de répondre, ce qui signifierait qu'il cachait un affreux secret.

Bientôt mis au courant, Paul, comme toujours acquiesça.

– Mais les fleurs, observa-t-il. Ça va nous coûter cher.

– Tant pis, dit François, on se rattrapera sur la viande ; on n'a pas besoin d'une grosse tête.

Quand ils s'arrêtèrent à la boucherie Combreaux, sur le chemin de la clinique, ils apprirent qu'ils devraient attendre le surlendemain, jour de marché, pour être servis.

– Le temps de la préparer, dit la bouchère. C'est pour quoi faire ? Un repas de famille ?

– Oui, s'empressa Paul. C'est ça. Un repas de famille. On sera trois.

– Trois ! s'étonna la bouchère. Bon. Ça vous regarde, après tout.

– Il faudra compter combien ? A peu près ?

– Je ne peux pas vous le dire encore. Mais faites-nous confiance.

– Confiance ! Confiance ! maugréait Paul. On aura l'air fin, si...

– Mais laisse donc, coupa François, impatienté. C'est moi qui paye tout.

Chez la fleuriste, ils faillirent se quereller. Paul estimait qu'un tout petit bouquet d'œillets était largement suffisant. Mais François voulait se concilier du premier coup Antoine Maillard.

– Des roses, dit-il. Oui... Quelque chose de bien.

– C'est pour une dame ?

Les deux garçons se regardèrent et Paul sourit perfidement. François rougit. Il répondit, hargneux :

– Non. Mais c'est pour un malade.

Puis, faisant semblant de chercher de l'argent dans toutes ses poches, il laissa la marchande tendre le bouquet à Paul, car il ne tenait pas à être vu, dans la rue, portant gauchement ces fleurs. Mais Paul n'était pas d'accord.

– Ce sont tes roses, mon vieux. C'est à toi de les offrir.

– Je te les reprendrai au coin de l'avenue.

– Non. Devant la chapelle.

– Alors, chacun cent mètres.

Ils éclatèrent de rire. La vie redevenait un jeu, et ils arrivèrent, réconciliés, à la clinique. Antoine Maillard était logé dans une chambre à deux lits. L'infirmière qui les accompagna leur recommanda de ne pas fatiguer le blessé.

– Il va beaucoup mieux, murmura-t-elle. Mais il est encore faible et surtout, il a toujours des absences, des moments de confusion mentale. Quelquefois, il crie. On doit l'empêcher de se lever. Si on le laissait faire, je pense qu'il essayerait de s'enfuir. Votre visite risque de le troubler. Il ne vous connaît pas. Ne restez pas longtemps. D'ailleurs, je serai là.

Antoine Maillard, la tête bandée, maigre, pâle, barbu, les observait de loin avec méfiance. L'infirmière s'approcha de lui.

– Ce sont les garçons qui vous ont sauvé la vie,

dit-elle. S'ils n'avaient pas prévenu la police, vous étiez perdu. Ils sont venus prendre de vos nouvelles et vous offrir des fleurs. C'est très gentil. Vous pouvez leur serrer la main.

- Content de vous voir, dit François, qui guettait l'infirmière du coin de l'œil.

Mais elle était là, incrustée au pied du lit, prête à écouter les propos qui allaient s'échanger. Pas moyen de tenter l'expérience, de pousser Maillard aux confidences. Heureusement, dans le lit voisin, le malade s'agita, gémit, et l'infirmière fut obligée de s'occuper de lui. François se pencha sur le blessé.

- Nous sommes allés dans le souterrain, chuchota-t-il. Nous avons trouvé votre casquette.

Maillard, ses doigts pâles tenant le drap tendu sous son menton, les yeux fixes, le regardait, la tête enfoncée dans l'oreiller comme s'il s'efforçait de reculer. François se pencha davantage.

- La Bête était là. Nous l'avons vue.

Maillard fit signe que non.

- Si, dit François. Nous allons l'attraper.

Alors, Maillard se dégagea du drap et hurla :

- Non ! Non !

Il se poussait sur ses bras arc-boutés, pour s'asseoir, possédé soudain par une panique qui le défigurait.

- Non ! Non ! C'est défendu.

L'infirmière accourut.

- Eh bien, eh bien, qu'est-ce qui se passe ? Voyons, Maillard, recouchez-vous.

Il résistait.

- Empêchez-les, criait-il. C'est dangereux.

– Oui. Bon. C'est dangereux. Calmez-vous, maintenant.

Elle se tourna vers les deux visiteurs.

– Qu'est-ce que vous lui avez dit ?

– Rien, dit François. Ça l'a pris tout d'un coup.

Maillard se laissa retomber sur le dos et gémit doucement.

– Là, là, dit l'infirmière. Reposez-vous. Ne vous agitez pas. Il n'y a plus de danger.

De la main, elle incitait les garçons à se retirer sans bruit. Elle les rejoignit dans le corridor.

– Il vaut mieux que vous ne reveniez pas, dit-elle. Votre visite a dû lui rappeler quelque chose qui l'effraye. Il se comporte comme quelqu'un qui reste sous le coup d'une peur épouvantable. Les policiers ont, à plusieurs reprises, essayé de le questionner. C'est inutile. Ou bien il veut sortir du lit, ou bien il se cache sous le drap et il tremble. Le médecin pense qu'il devra être soigné dans une maison de santé. Vous avez été très gentils, tous les deux. Oubliez ce que vous avez vu. C'est trop triste.

Ils sortirent de la clinique, très impressionnés.

– Cette fois, on en est sûrs, dit François. La Bête existe et c'est elle qui l'a attaqué. Autrement, il n'aurait pas crié que c'est dangereux. Hein ? Tu ne crois pas ?

Paul hésitait.

– Allez ! Vas-y ! Parle, bon sang.

– Eh bien, se décida Paul, si les choses tournent mal, toi, tu vas rentrer à Paris, la semaine prochaine. Mais moi, je resterai ici, tu comprends.

– Qu'est-ce que tu crains ?

– Je ne sais pas, mais j'aimerais autant qu'on laisse tomber. Tu l'as entendu. Il a dit : « Empêchez-les. » Ça signifie que, si on retourne là-bas, on risque de provoquer quelque chose de grave ; peut-être pas un accident, mais en tout cas un événement qu'on nous reprochera... à moi, du moins, parce que je serai tout seul.

– Mon pauvre vieux ! fit Sans Atout, bien sûr que je me mets à ta place. J'irai là-bas sans toi.

– Mais s'il t'arrive quelque chose, tu penses à grand-mère ? Elle sera responsable.

François, qui marchait d'un bon pas, s'arrêta net, se donna une tape sur le front.

– Eh oui, s'écria-t-il. C'est vrai. Pourtant, n'oublie pas, nous sommes les seuls à savoir. Veux-tu qu'on mette nos parents au courant ? Après tout, ça les regarde aussi. Ils connaissent la loi.

– Jamais de la vie ! Ah, dans quel pétrin nous nous sommes fourrés.

– Écoute... Moi, voilà que ce je te propose. Nous allons inspecter, après déjeuner, l'entrée des souterrains. Juste l'entrée, pour repérer l'endroit où on déposera la viande. On ne peut pas la mettre n'importe où, pour que des choucas viennent la picorer. Et après, quand la viande aura été dévorée, moi je raconterai tout à mon père. C'est un ami. Toi, tu ne seras pas dans le coup. C'est mon père qui fera le nécessaire. D'ac ?... Alors, tu vois, ça nous fait trois petits voyages. Un pour reconnaître le coin. Un pour appâter. Et un pour constater. Ne me dis pas que c'est dangereux. Et on n'aura rien à se reprocher.

8

– Deux heures et demie, dit François. Dans une heure, on sera de retour et ta grand-mère n'aura même pas remarqué notre absence.

Ils laissèrent leurs vélos à l'ombre et se dirigèrent vers la falaise. Un dernier regard autour d'eux. Personne. Seuls, les choucas, du haut des airs, les observaient.

– Je passe le premier, dit Paul. Tu te rappelles ?... Le buisson à gauche.

Il chercha ses prises et commença de grimper en souplesse. François lui laissa quelques mètres d'avance et, à son tour, s'accrocha au rocher. Ce n'était pas vraiment une escalade, tellement les saillies s'offraient d'elles-mêmes sous les doigts. Paul s'enfonça dans les feuillages et cria :

– J'y suis. Je t'attends à l'intérieur.

– J'arrive, dit François, déjà un peu essoufflé car il était beaucoup moins entraîné que son ami.

Il empoigna les branches et donna un dernier coup de reins. Debout sur la corniche, il embrassa d'un coup d'œil le sentier en contrebas, les saules qui bordaient la rivière et, au loin, dans la vallée, les toits de Saint-Chély et, enfin, un horizon confus de monts, de sommets, de puys. Le domaine de la Bête. Rien n'avait changé depuis le temps de Louis XV. Quelques routes en plus. Quelques usines. Mais toujours, à perte de vue, le pays secret, propice au guet-apens, à l'embuscade. Il entendit Paul qui grognait et haussa les épaules.

– Minute ! dit-il. J'arrive.

Il se baissa, se présenta de biais pour mieux se couler dans la fissure et, le seuil franchi, se redressa.

– Voilà, fit-il. Où es-tu ?

Une seconde après, il étouffait, la tête serrée dans une étoffe que des mains vigoureuses lui appliquaient contre la bouche pour l'empêcher de crier.

En même temps, d'autres mains lui liaient les poignets derrière le dos. Avant d'avoir pu esquisser un geste de défense, il était prisonnier. Mais de qui ? On le poussa en avant et il dut se mettre en marche. Pour aller où ? Il transpirait de peur, revoyant le visage hagard de Maillard. « Non, non. C'est défendu. C'est dangereux. » Est-ce que Maillard avait été capturé, lui aussi ? Pour servir de proie, peut-être, à la Bête ?

Ce qui sauvait François de l'épouvante qui annihile toute pensée et transforme le plus brave en cobaye fasciné, c'était l'instinct de l'équilibre. Bousculé par ses ravisseurs, il devait faire attention à chaque pas, tenir ferme sur ses pieds et verrouiller son effroi dans un coin de son esprit. Surtout, ne pas tomber. Car il serait sans doute achevé sur place. Il était facile de sentir qu'on n'avait pas l'intention de les ménager et qu'en ce moment, leur vie ne pesait pas lourd. Pauvre Paul ! Il était sûrement quelque part, là, devant, car, au bruit, François estimait qu'ils étaient quatre ou cinq à se déplacer en file dans le souterrain. Personne ne parlait. Seuls, les souliers s'exprimaient, grinçant sur la pierre, butant, râclant, frottant, dérapant. Quelquefois, une main s'appesantissait brutalement sur la tête de François, pour l'obliger à se baisser. Ou bien, de l'épaule, il heurtait la paroi de gauche, la paroi de droite. Il étouffait sous son masque mais gardait une conscience assez vive du chemin parcouru. En toute certitude, leur troupe refaisait le chemin qui conduisait vers... la Chose. Et la preuve, c'est que les bruits, soudain, s'amplifiaient, éveillaient des échos qui creusaient un espace bien identifiable : la grotte. La petite caverne où ils avaient découvert la casquette sanglante. La main du geôlier arrêta François. Il resta immobile. La même main rude donna du jeu à l'espèce de cagoule sous laquelle il haletait et il s'efforça à respirer calmement.

Alors ? Qu'allait-il se passer ? Une secousse le rejeta en avant. La dernière étape ! Ils se dirigeaient vers le repaire secret de l'animal, mais comment les kidnappeurs comptaient-ils s'y prendre pour franchir l'espèce de barricade de pierraille qui fermait le souterrain ? Et ensuite, il y avait la rivière qui coulait au fond de son étroite gorge. Un pied après l'autre, écrasé de terreur mais la pensée toujours en alerte, François titubait sur la piste tortueuse, essayant désespérément de comprendre. Il avait donc raison, depuis le début. La Bête avait des maîtres, à qui elle obéissait au commandement. Le cri qu'il avait entendu, ainsi que Paul, ainsi que Chazal - ça, ce n'était pas une illusion - avait dû être poussé par un des gardiens du fauve au moment où celui-ci s'apprêtait à bondir sur les intrus. C'était là la seule explication possible. On avait rappelé le félin. Peut-être le gardait-on enchaîné non loin de là et, quand on le délivrait, c'était pour conduire quelque expédition de rapine au cœur des montagnes. Et maintenant, on allait faire disparaître les témoins. Après les avoir espionnés à Saint-Chély, quelqu'un les avait suivis au garage, chez la vieille institutrice, chez le boucher et la fleuriste. Surtout à l'hôpital. On avait pensé que Maillard avait parlé, que ces deux gamins, avec leur infernal toupet, allaient faire éclater la vérité. D'où l'enlèvement et, fatalement, la disparition définitive des deux curieux.

Malgré tous ses efforts, François ne pouvait retenir le sanglot qui allait balayer sa volonté de tenir bon, de réfléchir encore, comme s'il restait un moyen d'échapper aux bourreaux. Ses parents ! Sa pauvre mère qui, dans quelques heures, allait décrocher son téléphone, pour dire : « Alors, mon petit François, vous avez passé une bonne journée ? » Et lui, au même instant, serait peut-être lancé en pâture à...

Il faillit crier et s'arrêta. Aussitôt, un poing le frappa entre les épaules et il repartit, horriblement tiraillé entre le désespoir et la fureur. Mais il s'aperçut bientôt que le souterrain descendait. La pente se sentait nettement, à la manière dont il fallait attaquer le sol du talon et raidir les mollets. La petite troupe avait donc bifurqué ? D'ailleurs, si elle avait continué tout droit, elle aurait déjà dû se heurter à l'obstacle. François comprit que son ami Paul avait, par hasard, découvert une curiosité de la nature beaucoup plus rare que ce qu'ils avaient cru tout d'abord. En réalité, ce n'était pas une pauvre petite fracture qui se faufilait sous le mont. C'était un véritable réseau qui s'étoilait dans les soubassements du rocher et, depuis longtemps, ces galeries, ces passages, ces boyaux, communiquant plus ou moins facilement entre eux, avaient été explorés et aménagés par des malfaiteurs pour y élever Dieu sait quel monstre. Dès lors, à supposer que ce fût possible, toute tentative d'évasion était vouée à l'échec. Ils s'égareraient, tous les deux, dans le labyrinthe, et la Bête, souple, rapide, affolée par l'odeur de chair fraîche, les rattraperait en quelques bonds. Il n'y avait plus qu'à continuer et à attendre. Peut-être voulait-on les interroger avant de les sacrifier ? Ou bien peut-être y avait-il d'autres victimes à préparer avant eux pour le festin de l'horrible Moloch ?

« J'ai la fièvre, pensa François. Je commence à dérailler. Qu'est-ce que c'est que cette histoire de Moloch ? Où vais-je prendre tout ça ? Nous sommes entre les mains de vulgaires bandits qui vont nous cacher en quelque endroit inaccessible et rançonner nos familles. Le fils du notaire. Le fils d'un grand avocat parisien. Ça vaut le coup. Et si la négociation échoue, ils ont sous la main le moyen radical d'en finir avec nous. On ne retrouvera même pas nos os. »

Ce raisonnement était épouvantable mais il laissait entrevoir une chance. Au lieu d'être exécutés sur le champ, les deux amis allaient peut-être pourrir pendant des jours en quelque cul-de-sac enténébré où on leur jetterait à manger en attendant l'issue des pourparlers.

Mais non ! Tout en trébuchant et en essayant de se raccrocher aux parois, François se disait encore : « Ils se doutent bien que, s'ils nous relâchent, nous parlerons. Et si nous parlons, la police envahira leur repaire. Le scandale sera énorme. Révéler l'existence d'un complexe souterrain peut-être plus important que celui de Padirac, quel événement ! Et d'autres découvertes suivront. Tous les crimes inexpliqués qui ont eu lieu dans la région depuis des années seront mis sur le dos de la bande. On traquera ; on tuera la Bête. » Et à ce point de sa ratiocination, François buta sur une nouvelle idée qui chassa d'un coup ses spéculations précédentes. « S'il n'y avait pas de Bête ? » Il continua à s'interroger avec angoisse, tandis que le sol devenait spongieux et collait aux semelles. Pouvait-on imaginer d'une part une bande de malfaiteurs et d'autre part un animal fabuleux jouant le rôle d'arme secrète ? Une espèce de Chien des Baskerville relayant la Bête du Gévaudan et dressée à tuer le voyageur ou le touriste isolé ? Pourquoi pas, bien sûr ? Mais on peut dire : pourquoi pas ? à propos de tout ce qui est absurde et inexplicable. Et, malgré sa terreur, si François eût été capable de parler, il aurait dit : « Il y a quelque chose qui ne colle pas. » Mais ses réflexions furent brusquement interrompues. Un air frais s'insinuait sous l'étoffe qui lui couvrait le visage. Un sol ferme succédait à la terre détrempée. Il sentit autour de lui l'étendue libre. La prison de roc venait de s'ouvrir. Et presque aussitôt il entendit grincer une porte, non, une portière, car, du genou, il heurta une carrosserie qui se balança légèrement sous l'impact. Sans doute une 2 CV et, si toute la troupe y prenait place, une 2 CV plus vaste que la berline. Sans doute une Méhari.

Des mains firent fléchir ses épaules, et il se courba pour s'asseoir dans la voiture qui roula et tangua à mesure que ses occupants s'installaient. Toujours pas un mot. C'était des fantômes musclés et pesants qui agissaient, avec quelle redoutable efficacité !

François appuya au dossier ses reins fatigués et s'aperçut alors que le voile épais qui lui entourait la tête se déplaçait un peu quand il s'enfonçait dans son siège et pliait la nuque en arrière. Il suffisait de couler un regard oblique vers la gauche pour découvrir un étroit fragment du tableau de bord assez difficile à identifier, d'autant que l'étoffe, dès que l'auto démarra, se mit à jouer, tantôt coulissant vers le bas et bouchant la vue, tantôt se relevant une seconde et ne laissant pas à l'œil le temps de s'ajuster. Tout se passait comme si le cerveau de François était en train d'enregistrer une succession d'instantanés à l'aide desquels il devait reconstituer une image cohérente. Mais ce qu'il voyait, c'était, il en fut bientôt sûr, le compteur kilométrique. Il retint le chiffre : 13 582. Et puis, il y avait un objet brillant qui se balançait et tournait au bout d'une chaînette. Cela ressemblait à une petite hélice. Le noir. Le jour. Le noir. Le jour. Non, ce n'était pas une hélice, mais bien un trèfle à quatre feuilles. Un porte-bonheur ! C'était tellement incongru, après tout ce qui avait précédé, que François, éberlué, ferma les yeux. D'abord, il n'y avait plus de Bête. Et maintenant, le long cauchemar produisait, comme ultime vision, un trèfle à quatre feuilles. De quoi pleurer de rire, verser des larmes d'énervement, se donner des coups de poing sur le crâne, comme un héros de Tex Avery (1). Mais il se hâta de remonter, en quelque sorte, au créneau, pour ne plus rien perdre de l'étrange voyage. Le compteur marquait 13 584. La camionnette, qui s'était affreusement déhanchée sur un chemin de terre dont elle avait, à sa façon, salué toutes les ornières, roulait désormais sur un bitume lisse et les kilomètres s'ajoutaient aux kilomètres. 13 588. Quelle heure pouvait-il bien être ? Au moins quatre heures. La vieille dame, bientôt, s'alarmerait, mais elle n'aurait pas l'idée de téléphoner à la police. Elle appellerait son fils à Cannes. Les secours n'arriveraient jamais à temps.

Ah ! Un coup de frein. La secousse déplace l'étoffe et c'est fini. On n'y voit plus rien mais on

(1) Auteur de célèbres dessins animés américains.

entend. On entend une sonnerie grêle et, au loin, un grondement sourd. Il se rapproche. Un train, pardi. La camionnette est arrêtée devant un passage à niveau. Voici le train. Ce n'est pas un vrai train. Pas plus de deux voitures. Une Micheline. Le grondement s'escamote soudain et qu'est-ce qui a pu l'absorber d'un coup ? Probablement un tunnel. Tout cela est bien net, dans l'esprit de François. Comme le sont les images incohérentes d'un malade qui divague. Et l'on repart. Et la cagoule ne laisse plus rien passer.

Cette fois, c'est le noir, pendant un long moment. Les poignets de François, étroitement garrottés, le font souffrir. Il a mal au dos. Mais l'auto stoppe encore une fois. Petit coup d'avertisseur, si léger qu'il faut être aux aguets pour l'entendre. Mais justement, quelqu'un devait être aux aguets, car un grincement rouillé révèle qu'une grille s'ouvre. La camionnette sursaute en franchissant le relief d'un seuil, et le bandeau glisse légèrement sur le front de François. Vite, un coup d'œil. 13 614 kilomètres. On a parcouru 32 km depuis le départ, et 26 depuis le passage à niveau. À quoi sert de le savoir ? N'empêche. C'est comme une petite revanche sur les ravisseurs.

La portière s'ouvre. François reconnaît, à sa violence contenue, la poigne qui, depuis le début, le malmène. Il descend. On le saisit sous le bras. On le conduit comme un aveugle à travers un espace qui sent le métal chaud, la fumée de soudure. Où est-on ? Un entrepôt ? Un atelier ? Il n'a pas le loisir de s'interroger davantage. Son pied rencontre une marche, une autre. L'escalier compte dix marches. Du ciment. À noter pour la simple curiosité. Les cordes, autour des poignets, tombent ; sans doute tranchées. Une dernière poussée. L'étoffe s'envole. François ouvre les yeux. Le rêve continue. Il se trouve dans une petite pièce, nue comme une cellule de moine, et chichement éclairée par deux bougies plantées dans des bouteilles posées sur une table de bois blanc. Derrière la table, trois chaises de paille. Devant la table, un banc rustique. Au fond, une porte de fer. François se retourne vivement et se heurte presque à Paul, qui, lui-même, a fait un pas en avant, tandis que la porte qu'ils viennent de franchir se referme. François essaye de l'ouvrir. Peine perdue. Il n'insiste pas, entoure de son bras le cou de Paul.

– Mon pauvre vieux ! Ils t'ont fait mal ?

– Non. Pas trop. Un peu, les poignets.

– Moi aussi. Regarde dans quel état ils ont mis ma montre, avec leurs cordes. Elle est cassée.

Il la secoue, mais elle ne donne plus signe de vie.

– Tu y comprends quelque chose ? demande Paul.

– Rien.

– Tu crois qu'ils veulent nous faire du mal ?

Naïf Paul ! François préfère garder pour lui ses craintes. Il s'assoit et Paul l'imite aussitôt. Mais la porte de fer s'ouvre et les deux garçons se sentent glacés, soudain. Un premier homme est entré, entièrement vêtu de cuir, comme un motard, la tête cachée par un casque intégral dont la visière baissée, couleur de verre fumé, dissimule complètement les yeux. Un deuxième individu, également casqué, se place à sa gauche. Puis un troisième, qui referme soigneusement la porte, avant de s'immobiliser à droite. Le premier, d'un geste, ordonne aux prisonniers de se lever. Silence. Le tribunal les observe. Car il s'agit bien d'un tribunal. François en a le sentiment, bien qu'il ne sache pas du tout de quel crime on peut bien les accuser. Les juges ne bougent pas. Les flammes des bougies montent, toutes droites, et se reflètent trois fois dans les visières, semblables aux prunelles jaunes des grands fauves.

« Ils ne vont tout de même pas nous dévorer, pense François. »

Le « Président » prend place, lentement, derrière la table. Ses cuirs craquent. Il croise ses gants à crispin et, d'un mouvement du casque, incite son acolyte de gauche à s'asseoir. Le troisième demeure debout et alors la scène devient cruellement stupéfiante. Ce troisième juge commence à parler, mais il ne dit rien. On voit bien qu'il parle puisqu'il désigne les accusés d'une main véhémente, et il se penche vers le Président, écarte les bras comme un procureur qui prend les murs à témoin, lève un doigt vers le plafond, ramène ses poings sur sa poitrine en un geste de douloureux étonnement, puis les laisse retomber le long de son corps ; mais pas une parole, pas un murmure. Sont-ils muets ou les prisonniers sont-ils sourds ?

Non, les prisonniers ne sont pas sourds puisqu'ils perçoivent nettement le grésillement pourtant si léger des bougies. Et l'homme, qui est sans doute le procureur, s'il gesticule passionnément, n'emploie nullement le langage manuel des sourds-muets. Il se tait activement et cela évoque une espèce de colloque d'insectes, ou de robots.

« Ils viennent d'ailleurs, se dit soudain Sans Atout. Ce sont des envahisseurs. Ils ont trouvé refuge sur la terre. Ils ont avec eux un monstre de l'au-delà. » Mais la science-fiction n'est pas son fort et puis les extra-terrestres n'ont pas de porte-bonheur en forme de trèfle à quatre feuilles. C'est ce détail, incongru et comique, qui retient François au bord du délire. Il assiste à une scène absurde et dont l'issue, certes, paraît redoutable, mais, à cause de ce petit talisman de pacotille, elle perd son caractère démentiel, et l'homme a beau réclamer un châtiment exemplaire - car c'est ce qu'il est en train de faire, son poing droit martelant la paume de sa main gauche, avec la véhémence d'un réquisitoire touchant à sa fin - François, sans cesser de trembler intérieurement, l'observe avec un détachement dont il est assez fier.

À l'autre, maintenant. Tandis que l'accusateur s'assied, l'avocat se lève. Il est beaucoup moins éloquent, se contente de « parler » presque confidentiellement, penché vers le personnage central qui prononcera la sentence et qui approuve par de petits signes de tête affirmatifs, ou bien montre son désaccord en secouant négativement son casque.

La plaidoirie, sans lèvres, sans bouche, sans voix, sans écho, s'achève. Le défenseur se rassoit et, alors, les trois boules noires qui servent de têtes se rapprochent comme si elles voulaient vraiment étouffer le secret de leur délibération. François regarde à la dérobée Paul, qui se ronge un ongle. Le malheureux semble très éprouvé. Il est pâle, et baisse les yeux. Est-ce que la nuit est tombée ? Est-ce que grand-mère, mortellement inquiète, tend la main vers le téléphone ?

Mais le chef frappe la table du poing et les deux garçons sursautent. À lui, maintenant, de prendre la parole qui ne fait pas de bruit. Solennellement, il se dresse, et la mimique emportée recommence. Il scande une sentence inaudible ; il se remue si furieusement qu'il paraît bariolé de reflets. Pour finir, il se fouille et extrait de sa carapace un mince cordonnet rouge. Il le brandit puis passe à la hauteur de son cou le tranchant de sa main. Le garrot ! Cela signifie le supplice du garrot. Alors Paul, saisi par la violence si suggestive du geste, s'affaisse sur le banc, évanoui. Les deux assesseurs, avec une promptitude et une adresse telles que François n'a pas le temps de se défendre, bondissent et le ligotent. À nouveau, le voile noir s'abat sur ses yeux. Un bruit de gifles l'emplit de colère impuissante. Ils sont en train de ranimer Paul, à leur manière de brutes.

En route. Il faut marcher. Le lieu de l'exécution ne doit pas être très éloigné. Les jambes de François tremblent et le soutiennent avec peine. Il enrage et il a les yeux pleins de larmes. C'est tellement idiot et monstrueux ce qui leur arrive. Et il est bien inutile de supplier puisque ces gens, surgis du sol, n'ont ni oreilles, ni regards. Il ne fallait pas surprendre leur secret, voilà tout.

La petite troupe revient sur ses pas, traverse

ce qui est peut-être un hangar, et les voilà tous de nouveau logés dans la camionnette qui se met en route. Mais, cette fois, la cagoule, mieux ajustée sur le visage de François, l'empêche de voir. Au bout d'un moment, il ne sait plus où il est. Il n'essaye plus de lutter. Son courage l'abandonne. Il sombre dans une sorte d'hébétude qui émousse jusqu'à son chagrin. Ses mains entravées lui semblent énormes comme des gants de boxe et le sang bat lourdement dans ses poignets. Il a soif. Sa gorge brûle.

La camionnette franchit un dos d'âne et ses roues martèlent sèchement quoi ? François émerge de son engourdissement. Des rails... Serait-ce à nouveau le passage à niveau ? On reviendrait donc en arrière ? Mais en arrière, c'est la montagne, le dédale des souterrains. Puisque la peine encourue est celle du garrot, les bourreaux avaient-ils donc besoin de s'imposer ce trajet ? N'était-il pas plus simple de... ? Mais non. Qu'auraient-ils fait des cadavres ? Tandis qu'au bout de quelque galerie, on abandonne les corps dissimulés sous des pierres. Et même pourquoi des pierres puisque personne ne passera jamais par là ?

François touche le fond du désespoir. Chaque pensée, maintenant, le torture. Sa mère... la voix de son père disant : « Tu n'as pas l'intention de braconner »... Et ce pauvre Paul, et Paris... et tout !

Mais l'auto stoppe. Tout le monde descend, sans un mot. On marche. D'abord le sol ferme, puis la boue sous les semelles et bientôt l'air humide et confiné d'un premier boyau. Et c'est la progression épuisante qui mène vers l'acte final. François traîne la jambe. Un poing impitoyable le pousse aux épaules. S'il trébuche, la même poigne de fer le remet debout. Depuis combien de temps avance-t-on ainsi ? Il doit se faire très tard. L'alerte est sûrement donnée. Mais des heures et des heures vont s'écouler avant que l'enquête ne soit commencée. Chazal parlera, quand il apprendra la disparition des deux garçons... Pas sûr ! Possible qu'il redoute d'avoir des ennuis. Et à quoi bon ces réflexions tellement vaines ? On marche. On ralentit. On repart, dans une déambulation qui n'en finit pas.

Et maintenant, stop. Et, cette fois, on ne repart pas. Est-ce ici que la chose doit avoir lieu ? François se soutient à peine. Il sent qu'on lui détache les mains. Il entend des piétinements. Il ne bouge plus. Il se prépare au pire.

Et le pire ne se produit pas. Le silence est total. A-t-on renoncé au garrot ? Sont-ils enfermés dans un souterrain sans issue où ils périront de faim et de soif ? Ou bien les a-t-on laissés exposés à la Bête qui prend son temps avant de venir les flairer et de se décider à mordre ?

François tâte l'étoffe nouée autour de sa tête. Il s'attend à recevoir un coup. Rien. Il tire sur l'étoffe, la détache. Rien. Il l'enlève, regarde vivement autour de lui. Personne. Il s'étonne d'y voir clair. Un peu de jour filtre sur la gauche. Il découvre une silhouette derrière lui et lève un coude pour se protéger. Mais il reconnaît Paul et le débarrasse de sa cagoule. Paul est transformé en statue de la peur.

– Eh bien, vieux. C'est moi.

Paul ose à peine remuer les yeux. Il murmure, bouche à demi close :

– Où sont-ils ?

– Je ne sais pas. J'ai l'impression qu'on est tout seuls. Viens.

– Mais ils vont nous sauter dessus. C'est quoi, cette lumière ?

– Je me le demande.

François se dirige avec précaution, une main le long du mur pour assurer chaque pas vers la clarté du soupirail qui dessine confusément une espèce de porche. Si on leur a rendu une liberté provisoire, c'est qu'on les réserve à quelque supplice plus raffiné que la corde ou la griffe. Paul suit François et sue d'angoisse. François atteint le coude du souterrain, avance lentement la tête et se rejette en arrière.

– Quoi ?... Qu'est-ce que c'est ? balbutie Paul.

– Regarde.

– Je peux ?

– Mais regarde donc !

Paul à son tour, donne un coup d'œil et reste pétrifié.

– Mais... Mais c'est...

– Oui. C'est bien ça.

Devant eux, éclairés par un soleil oblique, l'horizon familier, les toits de Saint-Chély, les saules et, sous les arbres, leurs bicyclettes.

– Pince-moi, dit Paul.

La joie, un afflux de vie, plus puissant qu'un alcool, les fait trembler des pieds à la tête. Ils se hâtent. Ils se bousculent. Ils descendent, n'importe comment au risque de tomber. Ils sautent à terre et là, ils sont obligés de s'asseoir. Ils ont envie de rire et de pleurer. Le premier, Paul bondit.

– Mémé ! Grouillons !

Et les voilà qui pédalent comme des fous. Ils n'ont pas envie de parler. Ils ont hâte d'arriver chez eux. C'est là, bien à l'abri, qu'ils retrouveront la paix, la lucidité, le calme intérieur, le contrôle de ce cœur frénétique qu'ils ne peuvent encore maîtriser. Plus musclé, Paul va devant. Il se retourne, le souffle court.

– Quelle heure ?

– Pour moi, dit François, les poumons en feu, autour de sept heures.

– Je demande à Astérix.

Un paysan, une pioche sur l'épaule et poussant un vieux vélo, longe le bas-côté. Paul s'arrête près de lui.

– Monsieur, s'il vous plaît, quelle heure est-il ?

– Cinq heures et demie, dit l'homme.

Ainsi, cet après-midi fou n'a duré que quelque trois heures. François s'arrête à son tour. Ils continuent à pied. Un fou rire nerveux, proche des larmes, les plie en deux. Ça, c'est la touche suprême. Trois heures ! Ils ont vécu mille morts et la terre continue de tourner, paisiblement. Les oiseaux chantent. Le soleil brille. Le monde se moque d'eux. C'est trop drôle. C'est trop bête. C'est trop méchant. C'est trop... Ils ne réussissent pas à exprimer ce qu'ils ressentent mais ils savent, de source certaine, « qu'on les a eus ».

Et ça, ça doit se payer.

– Je commençais à m'inquiéter, dit grand-mère. Mais où vous êtes-vous fourrés ? Vous avez de la poussière sur le dos, sur les manches. Venez ici que je vous brosse. Si vos parents vous voyaient !...

– On a rencontré un copain, dit Paul. On l'a aidé à transporter des choses. et puis RRAOUM, on a glissé, mais c'est rien, quoi. On s'est pas fait mal.

– Ah, soupire la vieille dame, je voudrais bien que ces vacances soient finies. Allez vous laver.

Ils disparaissent dans la salle de bains, se regardent dans la glace.

– C'est vrai qu'on a l'air d'être passés sous un train, constate Paul.

– Mais on est passés sous un train, affirme François.

Il s'assoit sur le rebord de la baignoire pendant que Paul s'éclabousse la figure.

– Tu sais à quoi je pense ?... Eh bien, au dernier moment, ils n'ont pas osé. Et même, tu vois, c'est encore plus compliqué. Ils se sont arrangés pour qu'on ne puisse pas parler.

La tête ébouriffée de Paul émerge de la serviette.

– Pas parler ! s'écrie-t-il. Ça m'étonnerait.

– Alors, vas-y. Essaye. Je suis un gendarme ou un policier. Je t'écoute.

– Facile, dit Paul. D'abord, on a été enlevés.

– Où ?

– Au « Saut du Berger ». Il y a un souterrain qui commence là. Une bête s'y cache. On l'a aperçue.

– Elle est faite comment ?

– Écoute ! proteste Paul. Si tu m'arrêtes tout le temps...

– Bon. Continue. Tu vas voir comme c'est clair. Il y a donc une bête que tu ne peux pas décrire. Et puis il y a trois hommes masqués. Ils nous jugent mais sans prononcer un mot. Ils nous condamnent à mort, sans rien dire, naturellement, et ils nous relâchent à l'endroit où ils nous ont capturés. Et moi, gendarme, j'entends ce ramassis de calembredaines sans tiquer. Au contraire, je prends des notes. Mon pauvre vieux ! Tu veux savoir ce qu'il dira ? Il dira : « Bouclez-moi ces deux lascars. Ils sont drogués, ma parole ! »

Paul réfléchit, se gratte, s'introduit le petit doigt dans l'oreille, renifle, toussote, puis, vaincu, avoue :

– D'accord. Ce n'est pas racontable. Tout paraît faux, après coup. La Bête, les hommes, le jugement qui n'est pas un jugement. L'exécution qui finit en farce.

– Tu as pigé, ricane François. On se prenait pour des victimes. On n'était que des guignols. Alors, sors-toi de là que je m'éclaircisse les idées.

Il se plonge la tête dans le lavabo, s'ébroue, saisit un coin de la serviette que tient Paul, de sorte qu'ils sont bientôt joue contre joue, se contemplent dans la glace et se font une horrible grimace.

– Les Mariolles Brothers, dit Paul.

– Les Rescapés du Labyrinthe, prononce François.

– À table ! crie mère-grand, au bas de l'escalier.

Ils ont un appétit d'ogre. Ils sont maintenant d'excellente humeur, avec une pointe d'excitation nerveuse que Paul contient avec peine. Lui, si franc d'habitude, si simple, si direct, il ne peut s'empêcher de mentir pour le plaisir, d'inventer l'histoire de ce copain qui déménage et qu'on a dû aider. Bien entendu, il faudra retourner chez lui. Il a encore besoin d'un bon coup de main. Et François comprend que Paul lui adresse ainsi, par-dessus le rôti que découpe sa grand-mère, un message secret : « Retourner chez lui », ça signifie qu'il convient de s'accrocher, de ne pas laisser impunies les crapules qui les ont mystifiés.

– C'est bien d'être secourables, dit innocemment la vieille dame, mais n'en faites quand même pas trop !

D'un discret signe de tête, Sans Atout télégraphie qu'il a traduit et qu'il campe, lui aussi, sur le sentier de la guerre. Reste à mettre au point la campagne. « Retournez chez lui », doucement. François n'a pas l'intention de refaire un raid du côté du « Saut du Berger ». L'endroit est maudit. Mais une idée a commencé à lui chatouiller l'esprit, dès le potage. Il voudrait bien la creuser. C'est pourquoi il a hâte de sortir de table. Paul aussi. Il est grand temps de tenir une conférence au sommet. De l'épouvante qu'ils ont vécue, ils conservent comme un immense besoin de parler, de commenter, de supposer, de construire des plans. La peur est semblable à un fluide électrique qui cherche des conducteurs pour s'évacuer et il n'y a rien de mieux, à cet effet, que la discussion. Ils sont sur le point de s'envoler vers la chambre de Paul quand retentit le téléphone.

– Cannes ! dit François avec dépit.

C'est bien Cannes. Et c'est même plus que Cannes. C'est madame Robion.

– Eh bien, vilain garçon, c'est donc moi qui dois t'appeler la première. Il faut croire que tu t'amuses joliment pour laisser passer l'heure.

– C'est vrai, dit François. On s'amuse bien.

– À quoi ?

– Oh, ce serait trop long à t'expliquer.

– Tu n'oublies pas que Paul a des révisions à faire. J'espère que tu ne l'empêches pas de travailler. Et toi aussi, tu devrais bien t'y remettre un peu. Le jeu, c'est agréable. Mais il n'y a pas que le jeu... (Non, pense François, il y a aussi la Bête !) Nous avons l'intention de rentrer mercredi prochain.

François n'écoute plus. Mercredi, c'est dans cinq jours. Ils n'auront jamais le temps... Le temps de quoi, au juste ? Il ne le sait pas encore, mais il sent qu'il va falloir se décider vite.

– Allô.. Allô... Veux-tu me passer madame Loubeyre ? Elle me dira la vérité. J'ai l'impression que tu me caches des choses.

– Mais non, maman, je t'assure.

Toujours cette infernale perspicacité. Même au téléphone, comme ça, à l'estime, au juger, comme si le fil transmettait aussi ce qui se cache derrière les mots, elle soupèse, elle évalue, elle traduit, elle s'alarme. François coupe court.

– Je te la passe.

– Tu pourrais m'embrasser.

– Je t'embrasse.

Ouf ! C'est quelqu'un de bien, maman, mais elle devrait comprendre qu'on n'est plus des gosses. Paul, consulté, abonde en ce sens.

– Moi, mon pauvre vieux, c'est pareil. Tu connais leur truc : « Regarde-moi dans les yeux »... Alors, tu perds les pédales. Moi, ma mère, c'est comme si elle me faisait les poches. Je ne peux rien garder pour moi.

– Ils rentrent mercredi. Ça nous laisse cinq jours pour coincer la bande.

– Ouais ! Facile à dire.

Ils commencent à tourner dans la chambre, à se croiser, à émettre des grognements, à s'asseoir au bord du lit, à se relever d'une détente, à se heurter en marchant jusqu'à ce que François dise :

– De quoi est-on absolument sûrs ? Un : il y a

quelque chose sous la montagne. Quelque chose qu'il faut tenir secret. Deux : on a voulu nous faire peur et nous empêcher de parler. À partir de là, comment riposter, si tu es d'accord pour riposter ?

– Et comment, que je suis d'accord. À condition qu'on s'y prenne de loin. Je n'ai pas envie de me refrotter à eux.

– Moi non plus. Mais attention ! Puisqu'on ne peut rien raconter, ni à la police, ni aux journaux, ni même à nos parents – tu vois leurs têtes ! – ça revient à dire qu'on ne peut agir par personnes interposées. Alors, qui doit mettre la main à la pâte, hein ? Toi et moi, mon petit vieux.

– Pas question. Il doit y avoir un autre moyen.

– Justement, approuve François. Je crois qu'il y en a un. Grâce au compteur.

– Quel compteur ?

– Le compteur kilométrique de la bagnole. J'ai pu l'apercevoir malgré ma cagoule. C'est vrai ! J'ai oublié de t'en parler. J'avais tellement la trouille. Il marquait au départ 13 582 kilomètres et à l'arrivée 13 614. Donc, 32 km du souterrain au tribunal. Sachant qu'on a roulé pendant 32 km, qu'on a traversé un passage à niveau, qu'un train allant de droite à gauche a coupé la route avant de s'enfoncer dans un tunnel, trouver l'endroit où l'on a été enfermés.

Paul, selon son habitude, fit une cabriole sur son lit pour marquer son enthousiasme.

– Super, Sans A ! J'ai la *Michelin*.

Il courut au meuble qui lui servait de table de travail et qui était encombré de magazines, de romans policiers, de cahiers, de tout un bric-à-brac de bricoleur, remplaça en un clin d'œil un désordre par un autre et réussit à extraire une carte de la mêlée. Il la déploya sur la couverture et ils s'agenouillèrent pour l'étudier de plus près.

– Voici Saint-Chély, dit François. Le Chapouillet coule ici, près de Chassignoles. « Le Saut du Berger » n'est pas marqué. Il est quelque part de ce côté-là. On a marché pendant quelques centaines de mètres. Chazal disait, si tu te rappelles : « Est-Sud-Est ». En gros, dans la direction de Chassignoles, justement. Mais après, les bandits nous ont obligés à bifurquer et on a trouvé du terrain spongieux. Pour moi, on était alors tout près de la rivière et tu vois ici la départementale 25. Elle débouche sur la départementale 987 qui coupe la ligne que tu as prise pour venir. Voilà le passage à niveau. Et après, la route se dirige vers Crozes et Nozières en direction de Graniboules. Par là, c'est la cambrousse. Le tunnel est marqué ici près du Bouchat. Tu vois, tous les détails collent. Et maintenant, compte trente-deux kilomètres, en gros, à partir de Chassignoles. Tu as un décimètre ?

– Voilà, patron.

Sans Atout se mit en devoir de mesurer.

– Tu vois... Ça nous mène du côté de Chandailles. Comme la route est très sinueuse, je calcule à un ou deux kilomètres près. Mais dans un bled aussi désert, on devrait repérer facilement une maison, ou un hangar, précédés d'une cour et d'une grille.

– Alors, il n'y a plus qu'à les dénoncer.

– Attends. Pas si vite. Il faut d'abord qu'on puisse décrire l'endroit et pour ça, il faut l'avoir bien situé.

– Ah non ! Tu vas me proposer d'aller explorer. Moi, j'en sors, mon vieux. Non, trouve autre chose.

François replia la carte et s'assit en tailleur sur la descente de lit.

– C'est comme tu veux, dit-il. Après tout, ce n'est pas moi qui ai reçu les gifles.

Paul serra les poings et donna dans le mur deux ou trois crochets bien appliqués.

– Les salopards, fit-il. Si on pouvait les coincer ! Bon... Allons-y. Mais cette fois, s'ils nous chopent !...

– On a bien le droit de se balader à vélo où l'on veut, non ? Ils ignorent que l'on est bien renseignés. Et puis, n'oublie pas. Si, une fois, ils nous ont relâchés, ce n'est pas, une deuxième fois, pour nous remettre la main dessus.

Paul fouilla un instant, à la recherche de quelque chose à sucer.

– Je t'en offre ?

– Merci. Non. Ce qui me tracasse, j'en reviens toujours là, c'est ce qu'on a vu et qu'il ne fallait pas voir. La Bête, oui, d'accord. Si c'est bien une bête. Je finis par en douter. Mais il n'y a pas que ça. J'ai l'impression que ceux qui nous ont enlevés ont fait une gaffe. Ce truc du jugement, en un sens, c'est astucieux parce que ça nous cloue le bec. Mais en un sens aussi, c'est faible. C'est du théâtre à la gomme. Ils nous ont pris pour des nuls.

– Ah là, dit Paul. Je ne te suis pas. C'était un avertissement. Le procureur ne nous a pas dit : « On va vous tuer », mais plutôt « On pourrait vous tuer. Alors, n'y revenez pas. »

– Comme il n'a rien dit du tout, conteste François, on peut imaginer n'importe quoi. Tu la connais, cette route de Chandailles ?

– Oui, vaguement. Mais tu te rends compte ? Deux fois trente kilomètres, ça fait soixante bornes. À la tienne, mon petit vieux. Ça représente trois bonnes heures de vélo.

– Je peux, dit Sans Atout. Je serai peut-être crevé mais je ne lâcherai pas le morceau. Demain, repos. Pour reprendre des forces. Et après-demain, on fonce. Ensuite... ça dépendra.

La journée du lendemain fut longue et pesante. L'exaltation des deux garçons était tombée et ils n'éprouvaient plus le besoin de parler. C'était maintenant à qui ne perdrait pas la face en marquant un doute, une hésitation, un atermoiement. Ils bâillèrent sur des livres, se promenèrent dans le bourg comme des permissionnaires désœuvrés, ricanèrent devant une affiche annonçant la dernière représentation de *Phèdre*. Vers la fin de l'après-midi, ils vérifièrent leurs bicyclettes. Ils devenaient de plus en plus graves à mesure que se rapprochait l'heure de l'action.

– Pourvu qu'il ne pleuve pas, dit Paul, avant d'aller se coucher.

Mais le soleil était là, quand ils se levèrent ; un chaud soleil de printemps qui incitait à la promenade. Pendant toute la matinée, ils firent aimablement des commissions. À table, ils furent parfaits, surveillant leurs gestes et leur langage.

– Mémé, on va faire un tour du côté de la Bastide.

– C'est loin, ça, mes enfants.

– On ira doucement.

– Ne revenez pas trop tard. Vous savez que je m'inquiète facilement.

Ils partirent, en essayant de paraître tout joyeux. Mais ils n'avaient aucune envie de plaisanter. Cette fois, c'était une expédition qui commençait, et même une croisade. Au bout de la route, il y avait des bandits à châtier. Comment ? On le saurait ce soir.

Ils franchirent le passage à niveau. Le tunnel s'ouvrait, à une centaine de mètres. Sans Atout ne s'était pas trompé, ce qui décupla leur courage. Le chemin, bien entretenu, se développait le long d'une crête d'où la vue embrassait des lointains brumeux. Pas une ferme. Pas un troupeau. Le vide d'une campagne pauvre, au sol aride. Ils pédalaient de tout leur cœur.

– Pas très gai, dis donc, fit Sans Atout. Ce n'est pas la circulation qui nous gêne. Encore une quinzaine de kilomètres. Je compte les bornes. Ne t'inquiète pas.

Et ils entrèrent bientôt dans la zone suspecte, ralentirent, étudièrent le terrain. Un plateau à l'herbe rase ; de chaque côté, le vent, les nuages. Mais un épaulement s'éleva sur leur droite, prit de l'ampleur. La route plongea et ce fut la montage au-dessus d'eux, une sorte de falaise identique à celle du « Saut du Berger ».

– Stop ! s'écria Sans Atout. C'est là.

Une ancienne carrière entamait largement le flanc du mont, précédée d'une esplanade qui semblait à l'abandon. Un petit Decauville rouillait sur des rails rongés et tordus. Une carcasse de camion achevait de mourir près d'une cabane en ruine, et une grille interdisait l'entrée du chantier. « *Ginestoux Frères* », lisait-on encore sur un panneau dont une planche manquait.

– C'est forcément là, reprit Sans Atout. Et tu remarques... On voit des traces de pneus qui ne sont pas vieilles.

Elles se dirigeaient, à travers l'esplanade, vers un hangar situé au fond, tout contre la paroi du rocher. L'endroit était désert. Sans Atout tâta la grille. Elle s'entrebâilla sans difficulté.

– Tu vois, dit-il à voix basse, comme s'il risquait d'être entendu par l'ennemi, elle est bien huilée. Elle sert souvent. Cachons nos vélos.

C'était facile, parmi les épaves. Avec précaution, ils avancèrent ensuite jusqu'au hangar qui s'appuyait à la falaise. La porte d'entrée, sur la façade, glissait latéralement sur un rail. Un énorme cadenas la tenait fermée. Sur le côté gauche, il y avait une petite porte. Elle s'ouvrait au loquet.

– On y va ?

Signe de tête de Paul très ému.

Ils entrèrent. Le jour pénétrait largement par une verrière et éclairait un matériel de garage : une dépanneuse, munie à l'arrière d'un bras de grue avec sa chaîne et son crochet ; des piles de pneus neufs, un cric à roulettes, des outils variés, accrochés en panoplie au mur. Sur le sol, des taches d'huile recouvertes d'une couche de son.

– Et au fond, demanda Paul, qu'est-ce qu'il y a ?

– Rien, dit Sans Atout. Ce hangar est adossé au rocher, tu as bien vu ?

– Alors, pourquoi ce mur cimenté et ce panneau coulissant ?

Ils traversèrent l'atelier et examinèrent la paroi, qui semblait plus neuve que le reste de la bâtisse. Sans Atout, de son pouce pointé vers le plafond, montra la verrière et la charpente métallique.

– Tout ça, ça date de l'entreprise Ginestoux, murmura-t-il. Tandis que ça (du plat de la main, il frappa légèrement sur le panneau), c'est tout récent. Il faut voir.

Il n'y avait pas de poignée. C'était un bouton rouge qui commandait l'ouverture. Le cœur battant, ils se donnaient encore une minute, pour peser le pour et le contre. Un bouton rouge, cela pouvait déclencher une sonnerie. Le bâtiment était peut-être surveillé. Mais ils n'oseraient plus se regarder si, maintenant ils battaient en retraite.

Sans Atout avança la main. Encore une seconde. Il appuya.

Le panneau, lentement, se déplaça. Sans Atout, aussitôt, coupa le contact. Une mince fente se découpait devant ses yeux, révélant une lointaine lueur qui allumait des reflets sur une masse métallique toute proche. Le temps de s'habituer... Ce petit objet brillant... semblable à une statuette... Une victoire aux ailes déployées... Un bouchon de radiateur... célèbre. Une Rolls ! Le cri lui échappa. Il se retourna vers Paul.

– Une Rolls, mon vieux, regarde.

Paul prit sa place. Prévenu, il distinguait mieux la berline. Une Rolls ! Et comme il savait tout des voitures, il était déjà capable de préciser son âge. En vérité, elle était neuve. Il s'écarta.

– Incroyable !

Sans Atout n'hésita plus. Il appuya franchement sur le bouton, puisque celui-ci ne commandait aucun signal d'alarme, et stoppa le panneau dès que l'ouverture leur permit d'entrer. Ils découvrirent avec stupeur non pas un second hangar, prolongeant le premier, mais une vaste cavité naturelle, une caverne aménagée en garage. Un réflecteur, au bout d'un fil, l'éclairait chichement.

– Je rêve, chuchota Paul.

Des voitures... encore des voitures... rangées avec soin, lustrées, impeccables. Paul, fasciné, passait de l'une à l'autre et récitait, comme une prière :

– Mercedes... 280 SL... BMW 525... Rover deux litres... Audi Quatro.

Et il y en avait d'autres. Une Alfa décapotable... Un coupé Lancia...

Sans Atout suivait Paul. Il l'arrêta par le bras.

– Les plaques dit-il. Les plaques minéralogiques.

– Ah ! s'écria Paul. Elles n'en ont pas.

– Tu saisis ?

– Oui, dit Paul. Elles ont toutes été volées. Ici, on change les plaques.

– Tiens, les voilà, les nouvelles.

Sans Atout montrait un établi, une pile de lames toutes prêtes.

– Cette route où il ne passe personne. Cet

endroit perdu. On les cache là pendant un certain temps. Et tu te rappelles Maillard... ses mains tachées de cambouis, ou d'huile, ou de graisse... Il venait d'ici.

Mais cette remarque rendait le mystère encore plus opaque. Ils se remirent en marche, l'esprit en déroute.

– Là-bas, fit Sans Atout. La Méhari.

Ils s'en approchèrent. La clef était au tableau et soutenait une mince chaînette au bout de laquelle était suspendu un trèfle à quatre feuilles.

– Oui, fit une voix rude derrière eux. Vous êtes venus là-dedans.

Ils sursautèrent, comme s'ils venaient de recevoir une décharge électrique et firent front. L'homme était grand et massif. Il tenait un revolver. Il était vêtu d'une combinaison de mécanicien. Il les regardait méchamment.

– Continuez ! dit-il. Continuez.

Ils avancèrent en courbant le dos, redoutant le coup de feu qui mettrait fin à leur randonnée. Qui viendrait à leur secours, dans cet endroit que les bandits avaient choisi pour son isolement ?

– Je vous recommande les Américaines, reprit le garde. Cette Cadillac, hein ? Ramenée de Lyon... et cette Ford spéciale ! un vrai salon. Regardez bien parce que c'est la dernière fois.

Que voulait-il dire avec sa « dernière fois » ? Qu'ils n'auraient plus jamais l'occasion de regarder ?... Qu'on allait se débarrasser d'eux ?... François comprit soudain que, si l'homme n'avait pas hésité à montrer son visage, c'est qu'il était sûr de leur discrétion. Et pour une bonne raison...

Il se sentit faiblir. Il s'arrêta.

– On ne parlera pas, murmura-t-il. Promis.

– Oh ! dit le gangster, gentiment. Ça n'a plus d'importance. Vous voudriez bien en savoir plus. Pas vrai ?... Eh bien, tout ça, c'est pour l'Afrique et le Moyen-Orient. Par exemple, cette Porsche... Comptez quinze cents francs pour une carte grise bien imitée ; c'est le prix. Trois mille francs pour le voyage par Gênes, Tunis, Alger, et de là Niamey ou Cotonou. Arrivée là-bas, on en tirera cent mille francs au bas mot. Vous voyez que ça en vaut la peine. Et ce n'est pas le bavardage de deux mômes qui va nous gêner.

– Mais on vous jure qu'on se taira, supplia Paul. Votre secret, on s'en fiche.

– Demi-tour, ordonna l'homme, avec une soudaine brutalité. La visite est terminée... Avancez... À droite de la porte, l'escalier.

François le reconnut aussitôt. Dix marches de ciment, et la petite pièce du jugement.

– On va nous rechercher, dit-il.

– Plus vite. T'occupe pas du reste.

À la façon dont une bourrade le propulsa en avant, François identifia l'individu. C'était celui-là même qui l'avait bousculé dans le souterrain, à l'aller et au retour. Peut-être le chef, à en juger par sa carrure. Et maintenant le minuscule tribunal avec sa table, ses chaises et son banc.

– Vous allez nous rejuger ? demanda François.

– La ferme, petit crétin. Vous êtes déjà condamnés, tous les deux. Et tâchez de rester tranquilles. Si vous criez, personne ne vous entendra. Sauf moi... Vaut mieux pas, dans votre intérêt.

Sur cette menace, il sortit, et les deux garçons s'effondrèrent sur le banc.

– Je n'aurais pas dû, avoua François. C'est ma faute. Cette fois, ils ne nous relâcheront pas.

– Peut-être !

– Penses-tu. Un truc qui leur rapporte des centaines de millions. Mais... tu entends ?

Faible, un bruit leur parvenait de loin, comme celui d'un piétinement. Et tout de suite un cri. Et puis des grognements sourds. Paul se leva d'un bond.

– La Bête ! dit-il.

Et en bas, dans le garage, un fracas de galopade. Des ordres. Encore une sorte d'aboiement rauque.

– C'est pour nous, balbutia Paul. Elle vient.

On entendait sur les marches un grattement de griffes, accompagné d'un souffle sauvage. Puis la porte s'ouvrit à la volée et un énorme chien-loup apparut. Mais il était tenu en laisse par un gendarme qui se retourna pour crier.

– Ils sont là !

Complètement ahuris, ils descendirent, précédés du gendarme et du chien, qui gémissait de joie. Ils découvrirent alors, alignées dans l'allée centrale, menottes aux poignets, encadrées par des policiers, trois silhouettes immobiles.

– Ah ! vous voilà, dit l'inspecteur qui les avait interrogés, la première fois, près du corps de Maillard. Vous n'êtes pas de tout repos. Est-ce que vous connaissez ces messieurs ?

Ces messieurs, c'était d'abord Chazal, qui baissait le nez, et ensuite Barthélémy, l'adjoint aux Beaux-Arts, et enfin un troisième larron qu'ils n'avaient jamais vu.

– Bertrand Lachaume, dit le policier, le régisseur de la tournée théâtrale qui joue, en ce moment, à Saint-Chély.

– C'est monsieur Chazal qui est venu avec nous dans le souterrain, dit Paul.

– Nous sommes au courant. Il a tout avoué. Ah, c'est un drôle de trafic que nous avons détecté, grâce à vous.

– Comment avez-vous appris..., commença François.

– Le hasard. Un contrôle de nuit, près de Marvejols. Une voiture volée à Toulouse, hier après-midi. Le voleur l'amenait ici. Il s'affole et finit par tout raconter, ce matin. Enfin, pas tout. Il a dénoncé ses complices, dont Antoine Maillard, qui n'est pas plus fou que vous et moi. On a arrêté Barthélémy et Lachaume tout près d'ici. Ils venaient donner l'alerte, je pense. On va tirer tout ça au clair. Vous allez être célèbres, mes petits gars.

Sans Atout et Paul échangèrent un regard désolé.

– Ces deux gaillards nous ont rendu un immense service, dit le procureur.

Il montra un fauteuil à maître Robion et prit place derrière son bureau.

– L'affaire, poursuivit-il, est plus importante qu'on ne pouvait le croire. Il y a le trafic des voitures de luxe, ce qui n'est déjà pas mal. Mais il y a aussi tout le butin qui se trouvait à bord de ces voitures, et pour le mettre à l'abri, ils avaient adopté à côté de Saint-Chély un repaire extraordinairement sûr. Les fameux souterrains. Des souterrains qui n'étaient pas totalement inconnus, notez bien. Ils avaient servi de point de ralliement au maquis. Mais, après les combats de Ruynes, qui furent tellement meurtriers, les survivants s'éparpillèrent, vieillirent, disparurent ou s'établirent ailleurs et personne ne pensa plus aux cavernes. Personne, sauf le père des deux frères Maillard. Il était revenu au pays et devint un spéléologue du dimanche. Nous savons maintenant que c'est lui qui, le premier, explora la totalité des couloirs. Son fils cadet l'accompagna bientôt et comprit très vite le parti qu'on pouvait tirer d'une cachette aussi inviolable.

– Mais, dit maître Robion, je m'étonne que d'autres spéléologues ne soient pas venus fouiller par ici. À l'heure actuelle, la moindre grotte, le moindre trou, attirent une foule d'amateurs.

– Très juste, mon cher Maître. Seulement Chazal est un malin. Il a su se donner une réputation de spéléologue confirmé et il a claironné partout que notre région ne présente aucune curiosité naturelle, ce qui est vrai, d'ailleurs. La nature des terrains est telle que le premier géologue venu vous le confirmera : pas de sous-sol à crevasses, ici. Il se trouve simplement que, par une fantaisie des forces telluriques, la base du massif est percée de multiples couloirs ou fissures...

– ... dont Paul Loubeyre a découvert l'entrée par hasard, continua l'avocat.

– Une des entrées, rectifia le magistrat. Il y en a plusieurs autres. En ce moment, on établit une carte précise des souterrains. Mais vous comprenez maintenant pourquoi une bande de pillards professionnels a élu domicile dans le coin. Ils ont été tranquilles pendant plusieurs années. Ils avaient acheté pour une bouchée de pain le chantier Ginestoux. C'était leur quartier général, et les souterrains leur servaient d'entrepôts.

– Je comprends bien, dit maître Robion, mais ce qui m'échappe, c'est pourquoi ils ont épargné ces deux malheureux enfants.

– Voyons, Maître, vous oubliez que ces deux enfants étaient justement des témoins auxquels il était interdit de toucher. Songez au scandale. La région aurait été fouillée jusque dans les plus petits recoins. Nos malfaiteurs avaient besoin d'abord et surtout de l'incognito. C'est pourquoi ils se sont contentés de faire peur.

– Oui. En effet. Comment auraient-ils pu imaginer que mon idiot de fils allait se sentir provoqué dans son amour-propre ?

Le procureur sourit et poussa vers maître Robion une boîte de cigares.

– Tout est bien qui finit bien, dit-il. Ces deux gamins ont agi comme nous l'aurions sans doute fait à leur âge. Paul Loubeyre découvre l'entrée d'un souterrain. Bon. C'est l'appel de l'aventure. Le hasard, ensuite, met sur leur chemin Antoine Maillard, sérieusement blessé.

– Là, je vous arrête, s'écria maître Robion. Ce

ne sont pas ses complices qui l'ont blessé. Alors ?

– Eh bien, le hasard encore une fois. Dans leur garage clandestin, nos malfaiteurs avaient besoin, parfois, pour leur travail de maquillage, de soulever certaines voitures. C'est pourquoi ils disposaient d'une grue légère, fixée à l'arrière d'une dépanneuse. Or, Maillard, qui était l'un de leurs rabatteurs, venait de leur amener une Toyota. Le détail de l'opération qui suivit sera mieux connu quand notre enquête sera terminée, mais voici en gros ce qui se passa : les complices venaient de fixer le crochet de la grue à l'avant de la voiture quand, à cause d'une fausse manœuvre, cette voiture retomba brutalement et le crochet, libéré, atteignit Maillard de plein fouet, lui labourant la poitrine et le frappant gravement à la tête. Si gravement même qu'on le crut mort. Que faire du corps ? Quelqu'un eut alors l'idée de l'abandonner en un endroit perdu du souterrain. Là, personne ne le trouverait jamais.

– Horrible !

– Oui, mais bien pratique. Ils le déposèrent donc dans une petite caverne. Comment auraient-ils pu supposer que le malheureux reprendrait connaissance et aurait la force, malgré la perte d'une partie de son sang, de se traîner vers l'extérieur et d'émerger non loin du « Saut du Berger ». Sauvé par nos deux garçons, il joua la victime terrifiée et qui n'avait plus tout à fait sa tête, pour éviter les questions indiscrètes.

– Et c'est ainsi que naquit l'idée folle de la Bête, termina maître Robion.

– Ils n'ont pas quinze ans, sourit le magistrat.

Mettons-nous à leur place. Et d'ailleurs ce n'était pas sot du tout. Ça ne manquait pas de poésie, en tout cas. Naturellement, le rusé Chazal sauta sur l'occasion. On allait monter aux pauvres gosses une énorme comédie. Il prévint ses complices et plus particulièrement Bertrand Lachaume, la tête pensante de la bande. Bien commode, les tournées théâtrales pour écumer la région. Lachaume organisa donc, au fond d'un des souterrains, une mise en scène qui, pour vous et moi, peut paraître ahurissante, mais qui était bien de nature à terrifier deux enfants. Il disposait, dans ses accessoires, d'une espèce de tête horrible, figurant, au dernier acte de *Phèdre,* le monstre qui engloutit Hippolyte...

– Oui, je m'en souviens, dit maître Robion, en riant. Nous connaissions le morceau par cœur...

Indomptable taureau, dragon impétueux, Sa croupe se recourbe en replis tortueux...

– Vous riez, dit le procureur. Mais imaginez que vous êtes au fond d'un étroit boyau, à peine éclairé, en outre, vous êtes sûr que quelque chose d'épouvantable se cache dans l'ombre, et soudain vous apercevez une forme affreuse – je vous montrerai le masque fabriqué par Lachaume. Il y a de quoi geler de peur le plus brave – ajoutez à cela que vous vous trouvez en compagnie d'un adulte – Chazal – qui paraît terrorisé. Vous voyez ça. Et n'oubliez pas non plus que ces pauvres gosses ont découvert la casquette maculée de sang du blessé. Casquette qu'on a fait disparaître, bien entendu, pour ajouter au mystère. Moi, mon cher Maître, je vous l'avoue sans honte, j'en aurais eu la jaunisse. Jamais, je n'aurais osé retourner au souterrain.

– C'est que vous ne connaissez pas mon phénomène, dit maître Robion. Il est de ces esprits pour qui A est A, et 2 et 2 font 4, et la somme des angles d'un triangle est égale à deux droits et on n'en démord pas et, puisqu'ils ont découvert qu'il y a dans ces souterrains quelque chose d'inexplicable, eh bien, il faut le prouver. Alors, on reprend l'enquête. On propose d'appâter le trou. Quoi de plus logique ? Mon François m'a raconté tout ça sans broncher. Et c'est là que tout a failli tourner au drame.

– Oui. Les malandrins leur ont donné une dernière chance, en leur jouant, une seconde fois, la comédie. Encore une idée de ce Lachaume. Il est doué ce garçon. Et ce n'était pas bête de les faire participer *à une scène tellement incroyable qu'elle ne pouvait être racontée.* À partir de ce moment, la bande pouvait se croire débarrassée d'eux. Eh bien, non. Il a fallu que votre diable de garçon remette ça... grâce au compteur kilométrique. Si notre voleur de voitures n'avait pas été arrêté ; s'il n'avait pas dénoncé ses complices...

– Eh oui, dit maître Robion. C'en était bien fini. Ils auraient organisé un « accident » pour nos enfants... Il suffisait de les pousser du haut de la falaise.

– Mon cher Maître, soyez indulgent. Votre phénomène, comme vous dites, mérite toutes nos félicitations. Vous les lui transmettrez, ainsi qu'au petit Loubeyre.

– Je n'y manquerai pas.

Ils sont à table, tous réunis. Monsieur Loubeyre achève de découper le gigot tandis que maître Robion rend compte de son entretien avec le Procureur, au milieu d'un silence impressionnant. Soudain, la sonnerie du téléphone.

– Ne te dérange pas, André, dit l'avocat au notaire. J'y vais.

Son absence ne dure pas longtemps. Maître Robion reprend sa place et s'adresse à son ami qui dispose habilement les tranches de mouton sur un plat.

– La « Boucherie Combreaux », tu connais ? demande-t-il.

– Bien sûr. Une bonne boucherie. Dommage qu'elle soit si loin.

– Madame Combreaux connaît pourtant nos deux détectives. Elle a parfaitement reconnu leurs photos dans le journal. Ils lui ont commandé une tête de veau dont ils n'ont jamais pris livraison. Eh oui !

Fourchettes et couteaux demeurent suspendus.

– Mon cher André, reprend maître Robion, tu ne crois pas qu'une autre fois on aurait intérêt à « les » emmener avec nous en vacances ?

COLLECTION
Cascade

CASCADE AVENTURE

ALI DE BASSORA, VOLEUR DE GÉNIE

Paul Thiès.

LA COUR AUX ÉTOILES

Évelyne Brisou-Pellen.

DATE LIMITE

Jean Alessandrini.

LE FÉTICHE DE JADE

Jean Guilloré.

L'HÉRITIER DU DÉSERT

Évelyne Brisou-Pellen.

LES LARMES DE LA JUNGLE

Pierre Pelot.

LE MAGICIEN D'OR

Roger Judenne.

LE MAÎTRE DU SALON NOIR

Michel-Aimé Baudouy.

MIGUEL DE LA FAIM

Nicole Vidal.

LE PARADIS DES AUTRES

Michel Grimaud.

LE PAS DES FANTÔMES

Valérie Dayre.

PEUR BLEUE EN MER ROUGE

Jean Guilloré.

LE PRINCE D'ÉBÈNE

Michel Honaker.

PRISONNIÈRE DES MONGOLS

Évelyne Brisou-Pellen.

LE SERMENT DE SARAH

Jane Yolen.

LE SORCIER AUX LOUPS

Paul Thiès.

COLLECTION

Cascade

CASCADE POLICIER

L'ASSASSIN CRÈVE L'ÉCRAN
Michel Grimaud.

L'ASSASSIN EST UN FANTÔME
François Charles.

LE CADAVRE FAIT LE MORT
Boileau-Narcejac.

CHANTAGE TOUS RISQUES
Pierre Leterrier.

DES CRIMES COMME CI COMME CHAT
Jean-Paul Nozière.

CROISIÈRE EN MEURTRE MAJEUR
Michel Honaker.

DANS LA GUEULE DU LOUP
Boileau-Narcejac.

UNE ÉTRANGE DISPARITION
Boileau-Narcejac.

HARLEM BLUES
Walter Dean Myers.

L'IMPASSE DU CRIME
Jay Bennett.

LE LABYRINTHE DES CAUCHEMARS
Jean Alessandrini.

OMBRES NOIRES POUR NOËL ROUGE
Sarah Cohen-Scali.

PEINTURE AU PISTOLET
Thomas Garly.

SIGNÉ VENDREDI 13
Paul Thiès.

LA SORCIÈRE DE MIDI
Michel Honaker.

LES VOLEURS DE SECRETS
Olivier Lécrivain.

RAGEOT-ÉDITEUR

Achevé d'imprimer en Avril 1993
sur les presses de MAURY-IMPRIMEUR S.A.
45330 Malesherbes
Dépôt légal : avril 1993
N° d'imprimeur : 42598 D
N° d'éditeur : 2305